长夜将至

NIGHT GATHERS

夏阳◎著

天津出版传媒集团
百花文艺出版社

目　录

空气中飘来一阵黏稠的腥臭味。

那是腐烂的水果、用过的避孕套、动物的排泄物与人类的血液混合在一起的复杂气味。此刻那个男人已无暇担心这个气味会滞留在他昂贵的深棕色巴宝莉风衣上。相反，他希望气味更浓烈一些，浓烈到足以冲出他身处的这个铁皮焊制的巨大箱子，浓烈到弥漫整条夜色中的黑暗小巷，让这条小巷变成世界的尽头，变成连最卑微的流浪汉也不愿踏足的地方。

长夜将至，带来死一般的寂静。

对于有的人来说，寂静是比喧嚣更可怕的存在。男人听见自己牙齿打战的声音，这个声音在他的颅内回响，让他忍不住觉得，声音已经大到超过远处火车站整点报时的钟声。他试图控制自己，努力地咬合牙齿，但是紧张的肌肉还是让两排牙齿无节制地上下碰撞着。他在等待，他想，我最好什么都等不到。

脚步声，他听到了，缓慢的脚步声，是踏过泥泞的地面溅起水花的脚步声。他的牙齿开始更强烈地打战。他试图安慰自己，这附近有几家酒吧还在营业，也许是某个走错路的酒鬼，也许是厕所被占用想要找一个黑暗角落行方便的男人，也许只是单纯地来扔垃圾的居民，把垃圾扔在我身上吧，什么垃圾都可以，只要你没有看到我。

金属摩擦的声音，他排除了酒鬼和行方便的选项，是扔垃圾的人。他做好了迎接一袋垃圾劈头盖脸落下的准备。铁皮垃圾箱上面的盖子被打开了，他的头顶渗进来一点残留的月光，他没有看到垃圾，只看到一个比黑夜更黑的人影，人影同样低着头看着躲在垃圾桶里的他，虽然看不到人影的表情，但这不难想象。

人影沉默着，他知道捉迷藏结束了，忽然感到一阵迟来的解脱。他用两只手抓住垃圾桶开口的边缘，踩着绵软的垃圾努力爬出来，他终于看清楚了对面的人，和他想象的差不多，但是比想象的要高一点。

“你不能杀我，”他对人影说，“你是警察，你只能逮捕我，杀人是我的专利。”

他最后听到的，是一把92式9毫米手枪上膛的声音。

第一章

1

这座城市的房租比想象中高一点。

夏默看着贴在房地产公司橱窗上的招租海报，玻璃橱窗映出他的身影。他来到这座叫作千山的城市，带着自己的全部家当。现在夏默看着招租海报上的价格，后悔把自己那点可怜的积蓄都用在了酒精上。

夏默决定离开，去前面看看有没有便宜的旅馆。

“你好，是要租房吗？”

玻璃窗的后面走出一个男人，推开门走出来站在夏默的眼前。男人穿着整洁的深色西装，袖口探出一截恰到好处的白衬衫，这不符合夏默对于房地产经纪人的刻板印象，他愣了一下，忍不住对这个男人多看了两眼。对方的身高大概在175到178厘米左右，梳着整齐的短发，胡须打理得干干净净，皮肤看起来很好，显然是长期护理的结果。男人的脸上挂着得体的微笑，脖子上挂着一个工作牌：经纪人——柳生。

“请里面坐，”柳生说，“还有很多房子可以看。”

柳生说着，打开了旁边的玻璃门，示意夏默进去。

“不必了。”夏默说，提了提旁边的旅行箱。

“这可真是一件古董了。”柳生的目光落在夏默的旅行箱上。

柳生说的没错。夏默早已忘记自己购买这款旅行箱的具体时间，的确是很多年前的事情了。至于购买它的理由就更荒谬了，仅仅是因为旅行箱的牌子与自己喜欢的一支摇滚乐队重名。这个柳生嘴里的“古董”极为结实沉重，特别是那个高密度金属打造的拉杆就已经超过了一般人能承受的重量。然而这样陈旧的款式却意外地符合当下最流行的复古风。

就像夏默本人一样，他也是一个“老派”的人。

柳生敏锐地将视线又落在夏默的背包和一把装着吉他的琴箱上，“你是刚下火车吧，进来喝杯水休息一下。”

夏默接触过很多人，他曾经的工作之一就是与社会上形形色色的人打交道。他深知有一类人，天生具备让人难以拒绝的能力，而此刻站在他面前的这个房地产经纪人就是其中之一。

坐在局促的接待室里，夏默将一次性纸杯里的水一饮而尽，放在面前白色的北欧风圆桌上。柳生走进来，带着一本图册，“您先看。”柳生拿走夏默的空纸杯，“觉得哪个合适，随时可以去看房。”

夏默翻着图册，和他想的差不多，这些房子依然标着他承担不起的价格，他决定不在这里继续浪费时间，现在去找一家便宜的旅馆应该还来得及。此时柳生带着装满水的杯子回来。

“怎么样，有看到合适的吗？”

“打扰了。”夏默迅速翻到图册的最后一页，站起来，“我还是……”

夏默的话没说完，他的眼神落在图册上最后一间没有配图的房产信息上，那间房子很大，70平方米的面积足够他一个人居住，而标注的价格却不足其他房子的三分之一。

“这是？”

“如果我是你，我就不会考虑这间房子，”柳生说，“无论它多么便宜。”

夏默点点头，“凶宅。”他说，“所以，现在方便去看吗？”

2

夏默的行李很简单，搬进来以后，打开旅行箱里面只有一些款式简单的衣服和基本的生活用品。除此之外，就只剩下一把吉他和散落满地的摇滚唱片。

“音乐人？”柳生的声音回荡在空旷的房间里。

夏默摇了摇头，“勉强算是兴趣吧。”

这间房子里，几乎看不到任何现今年代的陈设。老旧的浮雕木床、暗黄的吊灯、19世纪的电视，以及狭小的浴室里已经发黄的白色瓷砖。

“不错，该有的都有了。”夏默说。

柳生笑了笑，将一把黄铜色的钥匙递给夏默，环视这个颇具年代感的房间，仿佛仍有灵魂住在这里。

“你确定没有问题吗？”

夏默迟疑了一下，“还真的有。”他说，“能不能给我装一个浴缸？”

“浴缸？”

“对，虽然浴室的空间很小，但是贴着墙……”

“我不是说这个，”柳生打断他，“我指的是这里，”他伸手指了指空气，“就是，这里。”

“这里？”

“毕竟这间房子里死过人，正常人都会有不好的感觉。”

“比如呢？”

“比如害怕。”

夏默笑了笑。

“你这样的人很少见，你似乎并不害怕死人。”

“可能是我见过太多的死人了。”夏默说，“也可能是因为我很孤独，死人刚好可以做伴。”

“我了解这种感觉。”柳生说。

夏默也感觉到了，对面的柳生，和他一样并没有在这间房子里感受到恐惧。

“我也见过死人，我哥哥很小的时候就死了，那以后我也很孤独。”柳生环顾四周，“死去的人与孤独感，让我忘记了害怕的感觉。”

这一刻，夏默对柳生产生一丝亲切感。

“你还没有问过我这间房子里发生的事情。”

“我不太擅长提问。”

柳生笑了笑，他的笑容很浅，消失得很快。

“其实我也不是很清楚，”柳生说，“毕竟是很多年前的事了。听说在这里发现了两具尸体，报警的是当时的邻居，邻居对警察说闻到了奇怪的味道，警察赶到现场的时候，两具尸体已经腐烂得很严重，根本无法辨认身份。”

夏默没有说话，房间里弥漫着让人不安的寂静。

柳生站起来，“那我就先走了。浴缸对吧，明天我会带人来安装。”

夏默将柳生送出门，现在这里只剩下他自己。

夜幕降临。

夏默打开那台上世纪的电视机，没想到它还真的能用。它只能收到几个千山本地的电视台。现在正在播放一个广告，画面里的男人大概四十多岁，坐在车里看起来很烦恼，画外音告诉观众他因为身上残留的烟味而不敢回家，接着屏幕飞出来一个白色的瓶子，瓶口带有手枪喷嘴，并告诉观众这是专门针对烟味设计的快速除味剂。屏幕下方醒目地写着价格与购买地址，接着画面一转，男人已经回去拥抱了自己的老婆和孩子。

这则广告反复播放了几遍，直到变成了夏默不清楚前因后果的电视剧。

他关掉电视，房间再次安静了下来。没有浴缸的晚上，夏默不知道自己应该睡在哪里。尽管那张老式的浮雕木床上摆放着齐全的睡具，但他早就不习惯睡在床上了，他扯下一条床单铺在客厅坚硬的地板上，从地上散落的摇滚唱片中找到一张皇后乐队的主唱佛莱迪·摩克瑞的个人专辑，他之前已经注意到电视旁边放着一套落满灰尘的音响，但不确定是否还能使用，他将CD放进去，声音缓缓地流淌出来，是他可以接受的粗糙的音质。

佛莱迪·摩克瑞的声音填满了空旷的房子，他在歌词里唱着——爱我，就如同再无明天。

3

江雪喜欢的东西，就一定有办法得到。

从她很小的时候得到那条带着祖母绿水滴型吊坠的金色项链开始，她就再也没有错失过任何想要的东西，特别是别人的东西。别人的金钱、别人的男朋友、别人的人生。只要她想，她就能得到。

另一方面，江雪很清楚自己的优势。

她知道那些男人看她的眼神意味着什么，她也知道比起被人得到，渴望得到才能长期稳定地保持自己的价值。

江雪在小的时候，只听到大人夸赞自己“长得漂亮”，却不知道这意味着自己可以不必像其他人那样辛苦地活着。后来当她得知一些秘密以后，她走上了一条更为辛苦也更为孤独的路，她再也没有回去过那个地方，没见过那个她称作母亲的人，尽管回去只需要几个小时的车程。不对，在三年前的一天她回去了，参加了一场葬礼，又在葬礼的当天返回千山，仿佛自己从来没有出现过。

此时江雪决定利用一下自己的优势。

这条粉色的连身包臀裙是江雪的武器之一。它紧紧地包裹着她的臀部和一部分白皙的大腿，勾勒出一条美妙的弧线。上身的低胸装给了眼睛第二个选择，她用一条银色的宝格丽项链装点着白得通透却空荡荡的锁骨和半边柔软的胸部，链坠是一个柱状的空心圆环，据说设计灵感来自于古罗马的斗兽场。江雪不清楚，她并不像很多女孩一样对奢侈品了如指掌，她买下这些东西，仅仅因为这是她所扮演角色的一个部分而已。

江雪嗅到了猎物的味道，这代表着她距离那间仓库不远了。

那间仓库的管理员，那个可怜的男人叫什么名字来着？江雪想不起来，但这不重要。江雪记得那张脸，那张脸上分明写着“我有老婆但没有性生活”，那张脸悲哀、猥琐又懦弱。那是爬行在食物链底端的动物的脸。

江雪在靠近他。管理员穿着灰色的工作服，一个人坐在仓库门口的折叠板凳上，双目无神地看着前方，直到江雪出现在他的视线里，这个人才终于像是还魂的尸体一样活了过来。

江雪对着仓库管理员笑了笑，欣赏着他的局促不安，不错的开局。

“有火吗？”

江雪从挂在手上的小巧挎包里拿出一包女士香烟，将细细的白色烟杆放在两片丰满的嘴唇之间，她故意放慢所有的动作，可以让面前的男人有足够的时间去观察她的妆容，观察她的嘴唇和睫毛，和一些别的什么东西。

“有、有。”

男人手抖着从布满口袋的灰色工作服中上下翻找，最后从胸前取出一个一次性打火机，抬起头递给站在面前的江雪，男人的眼神一刻也没有离开她，最后落在了她半裸的胸口。

胸部，好吧。

江雪又向男人凑近了一点，轻轻地俯下身，给男人展示了更多胸前的美景。她似笑非笑，示意男人帮她点燃嘴上的香烟，顺便点燃了男人的身体。

男人用一只手挡着并不存在的风，另一只手按出火焰，火焰也在抖动，直到烟丝开始燃烧。一氧化碳、焦油和尼古丁混合的烟雾从江雪的红唇间缓缓飘出，落在男人稀疏的头顶上。

男人沉醉在这一刻。

打断他们的是挎包里的手机铃声，江雪拿出手机放在耳旁，她已经站直了身子。

“你好。”

男人注视着江雪边打电话边来回走动的身体，注视着凹凸有致的腰和臀部。她一会儿走近一会儿走远，仿佛男人的身上有一条看不见的线牵着她，让她只能围着这里转圈，男人注意到江雪的表情有些愠怒，说话的声音也大了一些。

“那么重的东西，你让我一个人怎么拿上去？”

江雪对着手机喊。

“我现在不在家，你把我的东西扔在楼下，丢了你能负责吗？”

江雪的声音随着她走动的距离时断时续，男人侧耳听着，并试图从零碎的信息中拼凑出这通电话的原貌。江雪的电话挂断了，但脸上的愠怒却没有消失。天生性感的女人，生气的时候会变得更性感。

江雪看着男人，男人意识到她似乎有什么话要说，但又带着一点为难。

快说呀，男人在心里催促，快来向我求助。

“不好意思，”江雪开口了，“能麻烦你一件事吗？”

“好的，什么事？”

男人一开口就意识到自己犯了两个错误，他还没有问什么事就先答应了下来，这让他显得急不可耐，也许会吓走她。第二个错误是，他应该先清清嗓子的，由于紧张，他刚刚的声音听起来又尖又细。

“我买了一些……”江雪停顿了一下，“东西，就是那些日常用的东西。”江雪知道信息越模糊，男人就越好奇，“那些东西很重，但是刚刚送货的人告诉我，他们把东西放在楼下就走了，我一个人搬不上去，你能不能……”江雪指着对街，“我家很近。”

“去你的家里？”男人确认了一下。

“对，去我家。”

“好的，好的。”男人频频点头，他已经忘记了刚刚对自己的反省。

“你离开这里没关系吧，好像这里就你一个管理员。”

“没关系。”男人说着锁上了仓库的大门，把钥匙放进工作服其中的一个口袋里，“这样就可以了，这里很安全。”

4

范义昌来过这里，在做梦的时候。

梦里的场景和眼前完全不同，他没想到她竟然住在如此破旧逼仄的公寓里，连个电梯都没有。范义昌记得他每次看到这个女人时，总觉得她的家也会和她脖子上的项链一样闪亮。不过范义昌很快就接受了这个事实，是的，在那种地方上班的女人，又能住在什么体面的地方呢。

范义昌知道她的名字，江雪，金沙夜总会第十三号女公关。范义昌从没有告诉过家里的老婆，自己为这家夜总会看管仓库的目的，就是为了每天看一看像江雪这样的姑娘，看看她们和客人调情的样子，再闭上眼睛幻想她们在床上的呻吟，他的脑中无数次浮现出这样的画面。

就在十几分钟前，范义昌觉得自己的幻想就要实现了。

他随着江雪来到这里，破旧逼仄的公寓，连个电梯都没有，他心里接受了。不能光看外面，他心里想，女人的屋子里应该是干净的。

他搬起江雪指给他的纸箱，箱子很重，但他还能应付。他随着江雪晃动的腰胯一级一级爬上昏暗的楼梯，脑中闪过一百个邪恶的念头，终于进入了这个女人的房间。

“就放在地上吧。”江雪对他说。

范义昌很难过，因为女人的房间也不是干净的。随处乱扔的拖鞋、桌子上散乱的口红、眼影和他不认识的其它化妆品，地上的垃圾桶里甚至还有没吃完的盒饭。

“辛苦你了。”

“没关系。”

范义昌感到有些局促，他不知道自己该不该走，他的任务似乎已经完成了，却心有不甘。

不通风的屋子里传来飘忽不定的霉味。

“你都出汗了，”江雪的手搭在他的肩膀上，缓缓下移，停在了他胸前的第一颗扣子上，“脱了凉快凉快吧。”

范义昌僵住了，像是电池用光的玩具。任由灰色的外套被女人的双手脱掉，只剩下一件发黄的白背心，他人生中第一次为自己的形象感到不好意思。江雪对他笑了笑，转过身，弯腰去拆被他搬上来的纸箱。

范义昌在后面看着江雪，看着她因为弯腰更加丰腴的臀部。他将视线放低，终于看到了裙摆下面探出的一点点内裤的边缘，全身的血液流向下体，体内的水分拼命地蒸发着。

“怎么了？”江雪忽然转过身，“是不是不舒服？”

“没，没有。”范义昌说，他有点害怕，害怕幻想的场景会真的实现。“我想，去下厕所。”范义昌说。

“那个就是。”江雪指了指右边的一扇门。

范义昌锁上洗手间的门，不停地喘着粗气。他还没有放弃，但是巨大的恐惧又让他不敢向前再跨一步，他怕自己会遭到反抗，如果她反抗了我该怎么办？他问自己，是继续强硬地完成，还是逃掉，或者跪下来求她不要说出去？

如果她说出去怎么办？被老婆知道怎么办？孩子呢？

他不敢继续想。

范义昌抬起头，忽然看到了一线生机。他看到头顶的窗格旁悬挂着一个塑料的圆形晾衣架，圆盘上布满了小小的夹子，夹子上则是色彩斑斓的女式内衣裤。

范义昌转动着塑料圆盘，一件一件地打量，最终选择了一条黑色的蕾丝内裤。他把那条内裤取下来握在手里，感受着蕾丝在手掌的摩擦，用另一只手拉开灰色工作裤的拉链，闭上眼睛，将内裤包裹在自己的下体上反复抽动起来。

一股黏稠的精液留在了黑色的蕾丝内裤上，他结束了，他的幻想消失了。

范义昌想要回去看管他的仓库大门，他想念自己的妻子和孩子，他觉得外面乱扔的拖鞋、散乱的化妆品和垃圾桶里没吃完的盒饭都让他恶心。

恶心，真他妈恶心。

5

只用了半个小时左右，浴缸就装好了。

夏默对前来安装的工人表示感谢，而柳生则忙着提醒工人将拆掉的包装与垃圾带走。

“我给你带了件礼物。”

柳生从西装内侧的口袋里拿出两张卡片，夏默不知道这件西装是他工作的制服还是平时的衣服，或者两者都是。

夏默接过卡片，“摇滚演出？”

“离这里不远，朋友送给我两张票，但是我这个人对音乐……”柳生耸了耸肩，“而且我看你又玩乐器又收藏唱片，应该会很喜欢。”

“他们都说这支乐队很不错。”柳生补充道。

夏默看到票面上写着“绝缘体”三个字，这大概就是乐队的名字，“谢谢，”他说，“可是我只有一个人。”

“你在千山一个朋友都没有吗？”

“甚至没有一个认识的人。”

“不能这么说，你现在不是认识我了吗。”

“那好吧，”夏默将一张票放进口袋，另一张票递给柳生，“给你。”

“我说过了，我这人不喜欢音乐，特别是摇滚乐，太吵了。”

千山的夜晚十分潮湿。

夏默不太喜欢夜晚，他担心那会唤醒他一些不好的回忆，尽管他心里也清楚，那些回忆一定会不停地出现，与黑夜和白天都没有关系。回忆就在那里，永远不会消散。

柳生看起来很拘谨，完全不像是白天的那个人，他甚至还穿着那身深色西服，与周围造型前卫的摇滚乐迷格格不入。他不情愿地站在夏默旁边，双手在身前紧张地搓来搓去。

“你把票送给别人吧，”柳生的表情看起来很焦虑，“我就不进去了。”

夏默笑了一声，推开摇滚酒吧厚重的铁门，柳生叹了口气跟在后面。

“枪与玫瑰”是可以承办乐队演出的酒吧，酒吧的名字当然来自于那支著名的摇滚乐队，位于西区最繁华的长野路上。酒吧装修成了复古的车库风格，从铁门进去，空间立刻变得局促起来，潜入地下的楼梯两旁贴满了摇滚明星的海报，吉姆·莫里森、吉米·亨德里克斯、帕蒂·史密斯……以及一些在这里演出过的本地乐队。

声音随着潜入得愈深而变得愈发嘈杂，直到他们向一个花臂男人出示门票，被示意可以进去以后，分贝值到了顶峰。

观众池并不开阔，大概只能容纳两百人左右，吧台在西北角，放着几把吧椅，上面已经坐满了人。一名调酒师正在将柠檬片的切口卡在马天尼杯上，递给对面的一个姑娘。那杯酒看起来像是亚历山大，夏默心里想，白兰地，可可甜酒和鲜奶油，听说还不错，但他从来没有喝过。他曾是一个酒鬼，但是只喝一种酒。

一阵呼声打断了夏默的思绪，台上的乐队似乎正在演奏一首代表作的前奏，夏默这才发现，刚才的自己又在忍不住观察身边的人，这是遗留在他身上的坏习惯。

这支乐队很不错，夏默听着他们的音乐这样想。周围的人正在随着节奏摆动，只有柳生依然穿着西装僵硬地站在原地，他也和其他人一样注视着舞台。

歌曲进行到主音吉他的独奏部分。夏默看到舞台上的主唱正在挥手煽动着一拨拨的声浪，乐手们聚在舞台中间，把主唱挡在身后，他去后台换衣服了，夏默心里想，摇滚演出常见的方式，枪花乐队在1992年的东京演唱会上就多次这样做。

在一段酣畅淋漓的演奏结束后，主唱重新回到了舞台上，夏默看到他已经换上了一身全新的服装。

6

韩林生当了二十几年的警察，至今没经历过什么大案。这让他的妻子经常开玩笑说“我家老韩遇到的最大的案子，就是办公室的茶叶被人喝了”，韩林生每次听到这句话总是一脸苦笑。身为千山市刑侦支队的副队长，他知道自己的想法不应该说出来，但却真实地在心里期待着碰上一次真正的大案子。

可惜这次他又要失望了。

这个吊在破旧公寓浴室里的尸体，是很明显的自杀。

尸体穿着黑色的连身包臀裙，脚下是一张被踢翻的木椅，木椅上只采集到江雪一个人的脚印。吊起她的是一条女士挎包上的黑色皮质背带，现在那个被拆掉背带的挎包正摆在卧室整洁的床上，包里的工作牌告诉韩林生这个女人的名字和工作地址，除此之外他没有更多的信息，但韩林生觉得这些已经足够了。

这个叫江雪的女人，活着的时候大概很美。

这是韩林生在看见尸体时冒出的第一个想法，尽管他现在看到的只是一个如垂柳般无力的肉体，面色青黑，表情狰狞，头发散落，一截舌头从嘴里伸出，但是韩林生依然从这样的画面中，看到了这个生命曾经有过的美丽容颜。

很多美好的东西，逃不过这样的结局。

现场干净整洁，这让韩林生对死去的姑娘再次泛起一丝好感。姑娘的挎包里放着大量的现金，脖子上的项链依然闪着银色光芒。没有财物失窃，间接佐证了死因为自杀，也就是说，接下来的事情已经不需要韩林生亲自主持了，通知死者家属，去一街之隔的那个叫作金沙的夜总会看看，向媒体通报一些可以通报的细节，这些事就交给刚来的那个小姑娘就可以了。他只需要回到办公室，喝茶看报，准时下班。

这时，韩林生又想起了妻子挂在嘴边的玩笑。

7

何诗宜不相信直觉，但是直觉却在困扰着她。

江雪自杀了，当她在金沙夜总会的一个私密的包间里说出这个消息的时候，她努力让自己看起来像是在表达遗憾与同情。作为一名新人，这是她第一次接触命案，她的角色是传递死亡讯息的信使。

她对面四十出头的男店长露出压抑和痛苦的表情，却不像是悲伤。何诗宜有点疑惑，痛苦和悲伤是可以分开的感情吗？

店长的回应解开了她的疑惑，他告诉何诗宜说，江雪是这里最受欢迎的姑娘，没有她店里的业绩将会下滑一大半。他说起了成本，说起了回头客，甚至说起了夜总会的房租和每个月的开销，这些都将因为江雪的死亡而大受影响。

队里的长辈告诉何诗宜，没人愿意去通报死亡讯息，这会让你慢慢消磨掉对生命的敬畏，觉得死亡只是一件给别人添麻烦的事。

现在她明白了。

那个店长抱怨了一通之后，才想起一个早该开口的问题。

“她为什么会自杀？”

店长问何诗宜，就像他才是警察，而何诗宜是江雪的朋友一样。

店长告诉何诗宜，江雪前一天晚上还很正常，接客，喝酒，看不到任何想自杀的迹象。“似乎比平时的心情还要好一点。”店长说，平时下了班就沉默寡言的江雪，甚至对他说了句“明天见”。

明天见？

想要自杀的人会说明天见吗？离开夜总会和那个满脸沮丧的店长以后，这三个字依然萦绕在何诗宜的脑中，明天见。但是何诗宜很清楚，这算不得什么证据，队里更不会因为这句话就推翻结论重新调查。

她想起来一个人。

穿过下北街，霓虹灯渐次消失，如今的千山像这样荒凉的地方已经不多了。北区是老城区，夜晚寂静而冷漠。何诗宜在昏黄的路灯下小心地辨认着字迹斑驳的路牌，一路走一路打听，终于找到了那个坟墓一般的小区。

她已经走了一个小时了。

一个小时以前，何诗宜决定去见那个人。她以为只有自己听过那个名字，却没想到随口一提以后，刑侦队里竟然人人皆知，大家只知道他来到了千山，却没有任何人希望见到他，大家只是说要小心，小心他的“聪明与危险”。

她通过附近一家房地产中介的员工用内部网络找到了那个人租住的地址，这让她觉得身上的证件至少还有那么一点用处。

何诗宜敲了敲破旧的木门，想着该如何对门内的人解释一名刑警的深夜到访，然而门却自然打开了。里面的男人没有问是谁，打开门以后也没有多看一眼，而是转身回到了屋子里。

“你好。”何诗宜对着屋子里的黑暗喊了一声，“我可以进来吗？”

“门不是已经开了吗？”男人的声音从黑暗中传来。

“打扰了。”何诗宜小心翼翼地踏入房内，“那我可以开灯吗？”

她没有听到答案，头顶的吊灯却亮了起来，尽管这并没有让房子里看起来有任何温馨的变化，但至少让她看清楚了面前这个男人的样子。他体格高大，像足球运动员一样结实，他凌乱的头发已经垂落到了耳边，发梢微微上卷，胡须不知是故意留起还是根本没有打理。何诗宜在路上就在想象一个颓废的人应该是什么样子，现在她有了答案。

“前辈好，我是刑侦支队一级警员，我叫何诗宜。”

何诗宜不知道该不该拿出自己的证件，她犹豫了一下，没有听到对方的任何回应。她在来的路上，脑中排演过很多对话的场景，却没想到会是现在这种情况。

“不问问我为什么来吗？”何诗宜希望自己的语气听起来轻松一点。

仍然没有回应。

“我是来请教前辈一些事情的，”何诗宜自问自答，“因为我听过不少关于你的故事，关于你破获的那些看起来毫无头绪的命案，关于……”

“我已经不是警察了。”

夏默打断了她，这是个好兆头，何诗宜心里想，至少他开始说话了。

“我知道，你在一年前的案件中，击毙了一名凶杀案的嫌疑人，虽然最后的审理结果为正当击毙，但是却因为那起凶杀案的受害者是你的女朋友而饱受争议，你被开除警籍……”

“你到底有什么事？”

成功了，何诗宜想，引起一个人注意的方式，就是触碰他心里最脆弱的地方。

8

凶案现场的照片是何诗宜偷偷带出来的，现在正放在这间老房子的木地板上，何诗宜学着夏默的样子坐在地上，这个空旷的客厅里没有沙发和椅子，只有同样放在地上的一台旧电视和爬满连接线的音响。

“她没有自杀的动机，”何诗宜指着照片中悬挂着的江雪说，“但是现场找不到能排除自杀的证据。”

“那就相信现场，这是面对命案的第一条法则。”夏默说。

“问题是，这是真实的现场吗？”

夏默抬起头看了何诗宜一眼，何诗宜注意到他的眼神出现了一点变化。

夏默拿起一张照片，是江雪公寓浴室里的洗漱台，上面摆放着款式多样的护肤品、洗漱用具，悬挂着一条灰色的毛巾。

“左撇子。”夏默说。

“是的。”何诗宜回答，这是何诗宜已经知道的信息，只不过她是从夜总会店长那里得知的，并不像夏默一样，仅仅从日用品的摆放位置就能判断出来。

把一些知道的信息藏起来，并等待夏默自己推断出来，这是何诗宜在来的路上想到的伎俩。她想知道眼前这个男人是不是真的如别人描述的那样敏锐。

大量的现金、名牌包和首饰，夏默看着这些照片，这些东西告诉他们至少可以排除入室行窃的动机了，何诗宜等着夏默说出相同的判断。

“跟那个男人聊过了吗？”夏默问。

“男人？”何诗宜一头雾水，“哪个男人？”

“没有聊过吗？”夏默的表情看起来很惊讶，“有一个包养她的男人啊。”

“你怎么知道的？”

“她上班的那个地方，虽然比一般人的收入要高一点，但还不至于买得起这么多奢侈品，你从她居住公寓的环境就能看得出来，也就是说，她还有其他的收入来源，能够撑得起表面的风光。对于一个在夜总会工作的女人来说，这个来源是什么？”

何诗宜若有似无地点了点头，又迟疑了一下问：“如果真有这样一个人，就算不给她买房子，为什么不给她租一间好点的公寓呢？”

“因为不够隐蔽，”夏默说，“这个房子和我这里一样，都是破旧的小区，到了晚上连盏路灯都没有，是绝佳的偷情地点。你不相信的话可以明天问问这附近的人，我向你保证，没有一个人见到过你。”

何诗宜的脸红了一下，“你确定吗？”

“我没有什么能确定的。”

“可是你已经推断出那么多结论。”

“首先想到的结论，往往是为了排除错误选项。”

“还有什么？”

“那个男人有家室，这我就不用解释了吧。”夏默说，“还有就是，你们要去找找屋子里丢掉的东西。”

“你已经看过了，钱和首饰都在，这屋子里什么都没丢。”

“你知道这个屋子里所有的东西吗？”夏默眼神冰冷地看着何诗宜说，“你怎么能确定没有物品丢失呢？如果你怀疑是谋杀，那么就应该合理猜测凶手会带走一件纪念品。”

“我不知道这屋子里所有的东西，”何诗宜承认，“那就更不知道应该去找什么了。”

“找一条黑色的内裤。”

“黑色的内裤？”

“对，蕾丝的，”夏默举起一张照片，手指着照片上一件黑色的蕾丝文胸说，“和这件是套装。”

何诗宜恍然大悟，作为女人，她应该更敏锐地意识到这件事才对，“也就是说，这就是凶手带走的纪念品？”

“我说了我不能确定任何事，我只能猜测。”

“是的，猜测，”何诗宜问，“你还猜测到了什么？”

“我猜测你们进去的时候，房间没有开灯。”

何诗宜回想着，他们去现场取证的时候是白天，她并没有特别注意是否开灯，现在回想起来，夏默说的似乎是对的。

“没有开灯意味着……”

“你再想想你们从尸体上得出的结论。”

“得出的结论……”何诗宜重复起之前对夏默说过的话，“尸体颈部有V形凹痕和擦伤的痕迹，伤口符合上吊自杀的状态，没有性侵痕迹，死亡时间预计为发现尸体时的9个小时以前……”

“也就是深夜！”何诗宜大叫了一声。

“除非她死了以后，自己下来关了灯。”

何诗宜感到激动，尽管她不确定自己是否走在一条正确的道路上，但是越来越多的结论正在调动着她体内的多巴胺，让她变得亢奋。

她还有一个问题，一个最重要的问题。

“如果是谋杀，凶手是怎么做到的？”

“首先是这个，”夏默扔出一张照片，上面是江雪下垂的手腕，“仔细看上面的凹痕。”

何诗宜在昏暗的灯光下看了看，细细的凹槽像是佩戴手表或其他首饰留下的痕迹。

“为了防止受害人挣扎，手腕被绑住了，并且背在了身后，同时手掌上也没有擦伤的痕迹，这说明受害人根本没有机会去抓那条吊着她的皮带。现场没有这条绑住手腕的物证，也就是说，已经被人带走了。”

“她不是自杀，”何诗宜听到自己的声音因为激动而颤抖，“有人在她活着的时候把她放在了上面。”

“我不能确定。”

“那你要怎样才能确定？”何诗宜直直地盯着夏默，她需要一个答案，她相信夏默一定会给她一个答案。

“验尸吧，你们还有最后一点时间，去检测一下胃里是否有安眠药的成分。”

“如果有的话，就可以确定是谋杀了？”

“除非她吃了安眠药以后梦游去上吊。”

何诗宜知道这是夏默表示确认的说法，“那你觉得，检测出安眠药的概率是多少？”

“百分之百。”

平静的花河对面，就是千山著名的富人区左岸花园。远远看去，别墅仿佛就建在花河的水面之上。

这里清澈，寂静，远离尘嚣。

24小时值守的保安在花园小路中巡视着，肩上的对讲机闪烁着红色的信号灯，他们要确保没有任何可疑的人混进这些高贵的府邸。

每一栋别墅的里面，都关着一个对生活失去希望的女人。她们有名利双收的丈夫、在贵族学校就读的孩子，有定制的意大利长绒睡衣、只用来喝英式红茶的珐琅杯具。她们在伊朗匠人手工制作的地毯上来回踱步，看着还未感受过悲伤的孩子们从一间屋子跑向另一间屋子，最后将视线投向窗外的花河。

无尽的花河，一如她们无尽的生活。

他也许永远都不会回来了，她看着花河这样想。

尽管如此，她还是再一次拨通了丈夫的电话，电话里甜美的女声告诉她，您所拨打的电话不在服务区。

她想报警，想告诉警察她的丈夫失踪了，但是理智再一次提醒她不能这么做，绝对不能。

她找过私家侦探，不止一个，然而那些蠢货只会喝光她的红茶，踩脏她的地毯，让她不得不把这些东西全都扔进公共垃圾桶。那些私家侦探，除此之外什么都不会。

她只能继续看着花河，继续等待。

第二章

1

“死者名叫江雪，女性，25岁，死亡原因为呼吸道阻塞引发的窒息……”

刑侦支队会议室的投影上，正在轮播着夏默看过的案发现场的照片，灯光全都关掉，这让站在会议室角落里的夏默没有那么引人注意。

接到何诗宜电话的时候，夏默就知道他摆脱不了这件事了。何诗宜告诉他，在反复申请甚至是央求之后，队里终于同意夏默参与案件的调查。

“终于？”夏默在电话里说，“你是不是觉得我很想这样做？”

“你不想吗？”

他没有立刻回答何诗宜的反问，何诗宜却接着说，“嗜血者夏默，他们都这么说你——只要闻到命案的血腥味就会第一个扑上来，这是你的天性和本能。”

夏默很想反驳她，但是何诗宜没给他这个机会，她只是迅速地通知他去刑侦队开会的时间就立刻挂断了电话。

这是夏默第一次对这个姑娘感到无奈。

夏默必须承认，她说的没错。

但是，不仅仅如此。

回想这一年黑暗的过往，夏默沉沦在酒精中。他无数次想要逃离那样的生活，每一次都以失败告终。他感受到自己正在被遗忘，警察不需要他，凶手也不需要他。他快忘记被人需要的感觉了，直到那个莽撞的姑娘带着案发现场的照片不请自来，一些熟悉的感觉在那一刻正在拼命地撩拨着他。

那是他罕见的、不想喝酒的时刻。

刑侦队的副队长，那个老头，姓什么来着？长着一张人畜无害的脸，夏默一看到他就知道这个人没经历过大案。但是更有可能的原因不是千山的治安稳定，而是绝大多数的案子都被他草率地错过了，就像此刻投影上那具悬挂的女尸一样，刑侦队有这样一个人还真是犯罪者的福音。

不过夏默还是在老头的眼里看到了一丝期待和紧张，那一刻老头看起来年轻了一些，他给夏默定了两条规矩：

第一条，不能配枪——当然了，他不但不是警察，还是个有前科的杀手；

第二条，做任何行动之前都要向何诗宜请示报备——她？凭什么？

但是夏默什么都没说，他不太喜欢说话，特别是承诺，因为任何承诺都是无用的。

对了，还有最重要的一条，那个老头严肃地告诫夏默，在这里听到的命案细节，一定要保密。

“通常的自缢者，在感到窒息的时候，即使最初抱着自我了结的想法，还是会本能地产生强烈的求生欲，所以我们看到死者的颈部有比较明显的擦伤痕迹——”画面转为一张颈部伤痕的特写，“这就是死者在生前挣扎求生的证据。但是由于吊住死者的是可调节的挎包皮带，锁扣固定的环形很小，使死者的头部根本无法挣脱出来。”

“然而——”画面又切到江雪垂下来的双手，“我们看到死者的手心却没有任何擦伤的痕迹，但手腕处却有不太明显但依然能够辨认的勒痕，根据推断，这或许是有人将死者的双手捆绑，以阻止死者去抓脖子上吊着的皮带或者去解开锁扣。”

保密？夏默在心里冷笑了一声，让我保密我告诉你们的事情吗？

“基于以上推测，我们进行了尸检。”

终于到了重点了，快点说她被下了什么药吧。

“我们在死者的胃内容物中，检测出乙醇与水合氯醛的成分。”

原来如此，水合氯醛是最适合掺入酒里的安眠药之一，清澈的液体不会引起任何人的怀疑，在三十分钟之内就会让人睡死过去。

夏默在脑中勾勒出这样的画面。

“把灯打开吧。”

说话的是那个老头副队长，夏默想起来了，老头姓韩，“这是我们韩队”，当时何诗宜说。

会议室里忽然变得惨白明亮，这让夏默很不适应，他眯着眼睛，一只手挡着光，这才意识到屋子里已经聚满了人头，空气很浑浊。

“夏默，你说说吧。”老头——哦，韩队说。

夏默看到所有人都回头对着他，这些眼神中透出一些他看不懂的东西，他们是在看谁？一个前警察，一根救命稻草，还是一个杀人犯？

只有何诗宜的眼神看起来稍微有点不同，透出一股期待的稚气。

“我们要找的人，”夏默意识到自己应该换一件体面一点的衣服过来，如果他有的话，“是一个体面的人。”

“具体点。”

“现场非常干净，一个指纹都没有留下。我们都知道，凶手通常会在作案后清理自己留下的痕迹，但是难免会有遗漏。这个人不一样，他没有放过任何细节，也可能是我们根本没有发现。”夏默的这句话是说给第一时间勘查现场的人听的，他知道现场即使留下什么证据，现在也被污染了，他环视一周接着说，“我把这归结为凶手的习惯，这是一个做事很有章法、井井有条的人，这样的人通常受教育程度比较高，自律性强，有较高的社会地位，而且很可能有洁癖。”

“这些只是你的推测。”一个声音打断了他。

“是谁？”夏默问，“你是想让我直接告诉你凶手的名字、家庭住址、电话号码和昨天晚上看了什么电视剧吗？”

人群中发出轻微的笑声，“都别说话，”老韩制止道，“夏默接着说。”

夏默感受到了老韩的认真，想起了今天见面时这个老头眼睛里的光芒。

“我们首先应该做的，是参考以上条件从受害人的人际关系中进行排查，毕竟百分之八十以上的凶杀案，都是熟人作案。”

现场很安静，这让夏默觉得自己是不是该讲个笑话活跃一下气氛，但是又想到，不是所有人都像他一样对命案无动于衷，他了解这些人面临的压力。

“我建议派人在案发现场附近24小时监视，”夏默补充道，“很多命案的凶手都会重返现场。”

人群中发出一阵叹息，夏默知道，监视是最无聊的工作，谁都不想落在自己头上。

“如果监视没有结果呢？”

夏默很讨厌这样的问题，好像侦破一起凶杀案就像吃饭一样简单似的，“那就坚持你们之前的判断。”

“什么判断？”

“自杀。”夏默说，“死者喝掉了掺在酒里的安眠药，然后在睡梦中反绑自己的双手，摸黑爬上椅子，调整皮带锁扣，吊死了自己，又在死后给自己的双手解绑并顺便销毁证据。”

再次安静了下来，夏默看到何诗宜在偷笑。

他抬起头，凶案现场的照片还投在白色的幕布上，在室内明亮的光线下模糊不清。他发现这不是何诗宜带去他家的照片之一，这张陌生照片的右下角放着一个纸箱，里面似乎有些什么东西。

“能放大一点吗？”夏默指着幕布上的照片说。

照片在放大，夏默凑前几步，“这是什么？”他指着照片里白色的瓶子问，“我好像在哪里见过。”

“广告上吧，每天晚上都在电视上放。”一个人回答他。

夏默想起来了，那个出现在电视剧前的除烟喷雾广告，“整整一箱都是吗？”他看到几个人微微颔首，大概就是参与了现场勘查的人。

“有什么问题吗？”老韩说。

夏默没有回答。

2

范义昌感到了恐惧。

恐惧是一种复杂的状态，你能感觉到它，但却很难形容。它的很多症状与兴奋相似，心跳加速，面色潮红，脖子上的肌肉在忍不住地抽动。他想先抽根烟再进去，可是翻遍浑身上下的口袋，只找到皱巴巴的烟盒和里面的最后一支烟，给那个女人点过火的打火机不见了。

范义昌盯着头顶的窗户，他能确定就是这扇窗，和这个小区的大多数的公寓一样，窗格上的油漆已经脱落了，窗户后面还悬挂着那个塑料的圆盘晾衣架。他此刻放在外套里面的黑色蕾丝内裤就是从那个晾衣架上取下来的。他继续环顾四周，这里安静得一如往常，有时候范义昌会感到疑惑，这里除了那个女人之外，到底还有没有其他的住户？

他忽然感觉有人在盯着他，紧张地转过头，一阵风吹来，扬起尘土的气味，他意识到这只是自己的幻觉。面前的楼门开着，看得到几级逼仄的楼梯和生锈的扶手。楼道里的白天和晚上一样昏暗，他喜欢这样的昏暗，至少让心里踏实一点。他想起上一次来的时候，搬着沉重的纸箱，抬头就看到那个女人雪白的双腿和圆润的翘臀，他依然记得当时的兴奋，并在后来的几天里无数次地想念那个时刻。

现在，那个时刻再也不会出现了，范义昌的心里涌出强烈的失落。

他爬上楼梯，一切都很顺利，还有几步就能进入那个屋子了。这种老旧公寓的门锁对他形同虚设，他在十岁的时候就能用别针打开母亲的抽屉，初中用一张食堂的饭卡在深夜打开教室的门，并在教室里找到喜欢的女生脱下来的校服。他也曾经进过陌生人的家里，躺在女主人的床上安稳地睡了一个下午。他从来不会带走钱财，但有时会带走她们的内衣裤，他知道这样做是没有任何风险的，大多数的女人甚至不会意识到自己丢过什么，即便有所察觉也不会报警。

就是这里了，范义昌停下脚步，看着门前拉起的警戒线，他在思索打开门以后，该从警戒线的上面跨过去，还是从下面钻过去，做这样的选择，要比打开这扇门更难一点。

3

夏默注意到对面这个男人脸上不耐烦的表情，这是他以前办案时经常看见的表情。

仅仅因为这一个表情，他便被夏默从嫌疑人名单中踢了出去。夏默也知道自己在侦查案件时，常常过于依赖直觉，但是他仍然相信，直觉往往是最接近真相的地方。

如果是凶手的话，他应该对警察的再次到访表现出不一样的反应。有的凶手会紧张得不敢抬头，说话时会无意识地过分礼貌。而有的凶手则会变得兴奋，表现得非常配合，以致忍不住主动提问，这是凶手试图参与调查的迹象，他们希望知道警察已经掌握的信息，以获得更大的主动权。

而不耐烦——不是伪装，是自然的不耐烦，则不是夏默印象中嫌疑人该有的表现。不耐烦只告诉夏默两件事：第一，他并不关注案情；第二，他并不在乎死者。

“我跟这位警察已经说过一遍了，”对面的男人指着夏默旁边的何诗宜说，“虽然我是这个夜总会的店长，但我对江雪的了解也就那么多。”

“我需要你跟我重复一遍，这不是在跟你商量。”夏默说。

店长抬起头看着夏默，“好吧。12号晚上，就是你们说江雪上吊自杀的那天，我没有看到她，至于其他人有没有看到，我问过的人都没有，因为那天晚上江雪请假了，没来上班。”

“她经常请假吗？”夏默问。

“不算经常，姑娘们的请假频率都差不多。我们这里没有明确规定一个月可以请假几次，不过频繁请假的人通常会因为业绩太差被辞掉，所以每个人的请假次数都很少。我不喜欢江雪请假，因为来找她的客人太多了，只要她不在，当晚的收入一定会大打折扣。”

“她请假的理由是什么？”

“我没有问，她们也不用说，这是我们这行的规矩，因为一旦你知道她们在外面做什么，遇上麻烦就会连累到你，”店长顿了一下，“而且就算问了她们也不会说实话的，对吧？”

夏默没有回答。

“然后我就特地叮嘱她，”店长在沉默中自己接起话题，“今天请假可以，但是明晚一定要来，我们准备了生日礼物给她——4月13号是她的生日，你们知道的吧。”

夏默点了点头。

“大概就这么多。”店长说。

“你要她生日那天一定不能请假的真正理由是什么？”

“什么？”

“没有什么生日礼物，我猜最多只有一个蛋糕。”夏默说，“真正的理由是什么？”

店长叹了口气，似乎意识到自己没办法在这个男人面前隐瞒信息，“是因为那天会有很多老顾客来陪她过生日，江雪是我们这里最受欢迎的姑娘，那天他们会买很多酒，这是一笔不小的收入。”

夏默点点头，“把那些老顾客的名单给我。”

“我们只保留每个姑娘最近一个月的接待记录，超过一个月就会被覆盖，而且只有信用卡消费的记录，不过也涵盖百分之九十的人了，毕竟很少有人带那么多现金出门。”

“足够了。”

店长吩咐一个穿白衬衫的服务生去打印江雪最近一个月的接待账单。夏默环视着这家夜总会，典型的中年男人喜欢的装修风格，用廉价的材料不遗余力地营造出金碧辉煌的感觉，浮夸的吊灯，四周雕梁画栋像是三流景区人工假造的宫殿遗址。酒柜上种类繁多，产自芬兰的伏特加、墨西哥的龙舌兰酒、法国红酒，甚至还有日本的清酒，其中一瓶苏格兰威士忌引起了夏默的注意，毕竟这是他过去一年来最好的朋友之一。当夏默意识到这些的时候，再次努力让自己的思绪回归，把注意力放在墙上贴着的照片上，那是在这里工作的姑娘们。照片的脸上挤出千篇一律的勉强笑容，其中一个就是江雪，她穿着贴满亮片的低胸礼服，夏默忽然想到了一件事。

“带我去她的衣柜。”

“什么？”

“她不会直接穿着这件衣服来吧。”夏默指了指墙上的照片。

“哦，换衣间啊。”店长露出轻佻的笑容，“去姑娘的换衣间不太合适吧。”

夏默低头看着他。

4

打开江雪的衣柜，夏默很失望。

这里面除了照片上的那件礼服以外，就只剩下空气。

店长笑了笑，他似乎很喜欢看到夏默的期待落空。夏默盯着这件低胸晚礼服，觉得似乎有什么东西正在牵引着他，却一时说不清楚。

“还有事吗？”旁边的店长在这样的沉默中再次变得不耐烦，“一会儿姑娘们就来上班了，我也得去准备了。”他说着点燃了一根烟，打火机发出“咔嗒”的声响。

衣柜里除了这件晚礼服，就只剩下空气。

空气，对，空气。

夏默想到了。

他伸手取下那件悬挂的晚礼服，贴在自己的脸上，闭上眼睛，贪婪地闻着，看起来沉醉其中。

“哎……”叼着烟的店长愣住了，一时不知道该怎么说，“这……兄弟，不是……长官……”

更加惊讶的是旁边的何诗宜，此刻她脸颊通红，就像那晚在夏默家里曾有过的一刻，她完全没想到夏默会做出如此猥琐的举动。

夏默在尴尬的气氛中闻了一会儿，终于将礼服挂回原位，他转过头才注意到两双惊恐的眼睛，“你们怎么了？”

没有人回答他。

走出夜总会大门的前一刻，夏默最后问店长，“江雪请假的那天，这里有没有发生过什么特别的事情？”

“印象中是没有。”

店长主动为他们打开大门，送客的信息非常明显。

“不一定是和她有关的，别的事情也可以。”

“特别的事情……”店长思索着，“倒是有一个顾客想要赖账，这种事我们见多了。”

“怎么赖账？”

“还能怎么赖，就是说我们店里卖的酒是假的。简直是开玩笑，我们这么大一家店，经营了这么多年，从来没卖过一滴假酒。那个人后来被我们的保安赶出去了，还打了一顿。”

“真是可怜。”

“想赖账还可怜？”

“是的。”夏默说，“很可怜。”

离开金沙夜总会，何诗宜一直没有说话，她比之前更尴尬了，脑子里只剩下夏默刚才像个变态狂一样闻江雪衣服的画面。

何诗宜觉得自己该说点什么，至少先结束此刻的尴尬，她努力去想能够打开局面的话题。

“跟我之前说的一样吧？”何诗宜小声说。

“什么？”

“来之前我不是说过了吗，这个人我已经问过了，根本就没有什么信息。”

“是吗？”

夏默丢出了一个疑问句便不再说话。何诗宜在想为什么到了现在，还是无法和这个人顺畅地沟通，他永远不会多说一句话，永远等别人问到了鼻子上才会挤出一点点答案。

“难道你有新的发现？”

“嗯。”

我要崩溃了，何诗宜心想。

“那你能跟我讲一下你的发现吗？”

“你想知道？”

“当然，我们现在是调查同一件命案的搭档，而且……”何诗宜强调，“你有义务向我汇报。”

夏默已经走到了前面，何诗宜小跑跟上。

“两件事。”夏默说，“第一，那个被打的顾客说的没有错，这家店里确实卖了假酒。”

“假酒？”

“那瓶苏格兰威士忌。”夏默尽量让自己不要去回想过去一年的黑暗时光，不要想起那些醉到不省人事的夜晚，“就是放在酒架上的那一瓶是假的。”

“你是怎么知道的？”

“这种瓶子骗得了普通人，但是骗不了一个真正的酒鬼。”

何诗宜没有追问这个话题，“第二呢？”

“第二，那张江雪最近一个月接待账单上的人不必查了，我们要找的人不在里面。”

“为什么？你不是说我们应该从她熟悉的人里，去排查一个有家室、有财富和社会地位的人吗？那这张账单里一定有人符合这些条件的。”

“会有很多人符合，”夏默说，“但所有人都不符合另外一个特点。”

“那是什么？”

“那个人对香烟的味道非常敏感，可能是极度讨厌，甚至有可能过敏，”夏默说，“我刚才闻了闻江雪上班穿的礼服，你注意到了吗？”

“怎么可能没注意到。”何诗宜说。

“那件衣服上面有很重的烟味，两个原因，一是江雪本身就是吸烟的人，二是这家夜总会的环境长期弥漫着大量的二手烟。跟大多数的烟民一样，江雪本人并不在乎身上留有烟味，那件礼服就是证据，但是在她的家里却放着一整箱专门用来清除烟味的喷雾，这说明她在家里见的人很介意这件事。”

“所以这个人是肯定不会去那家夜总会的。”

夏默点了点头。

何诗宜感到如释重负，她尽量没有让喜悦的心情表现在脸上，她开心的原因不只是因为现在又有了新的线索，更多是因为眼前的这个男人并不是个变态。

太好了，不是变态就行，何诗宜心里想，我对他的要求竟然这么低。

他们在路口分别。

“那我就先回去了。”何诗宜说。

夏默没回应，转身就走。

何诗宜从鼻子里发出哼的一声，看了眼夏默的背影，手机响起，是警队的同事。

“什么？你说真的？”

何诗宜尖叫着，“太好了，我现在就过去……那个夏……他刚走，还没走远。”何诗宜一回头，发现夏默正冷冷地看着她，她吓得叫了一声，又对电话里的人解释，“没事，我没事，等着我，这就过去。”

“你什么时候回来的？”惊魂未定的何诗宜愤怒地对夏默说。

“我听见你打电话就回来看看，有什么情况吗？”

“他们抓到他了。”何诗宜笑着说。

周晚晴将最后一点行李搬进了新房。

她不太喜欢新房的装修，她觉得很老气。她对家具的款式、墙壁的颜色和灯具的选择都有自己的意见，但她只把这些意见放在了心里，时不时像现在这样跟自己嘀咕一下。她知道自己没有发言权，毕竟这里面没有一分钱是自己付出的。

电话响了，周晚晴看着手机屏幕上的名字。

她只对着手机说了三句话：

喂。

我还在新房收拾。

晚上可能去你家吃饭。

她连“再见”都没说就挂断了电话，并在挂断的瞬间想到了一件事——我就要跟这个人结婚了。

她没有感觉，她觉得自己跟这个人似乎已经结婚十年了，而事实上他们只谈了不到一年的恋爱。她的母亲希望她早点结婚，尽管她只有23岁，男朋友家里也希望他们早点结婚，因为她可以自己带来一套新房。

这套房子是周晚晴的母亲买的，在某一个和平时一样的下午，母亲打电话告诉她，房子买好了，也装修好了，你来看看吧。

她就去看看，看一个突然属于自己的房子，她曾渴望过有一个属于自己的房子，可以让她永远搬离那间潮湿的出租屋。但是在真正看到房子以后，这种渴望消失了。她不喜欢这个房子的一切，它的装修、它的位置，还有它即将给自己带来的婚姻。

婚姻是什么样呢？周晚晴想，大概就是两个领证的室友睡在同一张床上。以前他们也在一张床上睡过，有时在她的出租屋，但是那里空间狭小，多一个人就喘不上气。有时在他的家里，确切地说是他父母的家里，要从早到晚忍受他母亲的碎碎念。她像是完成任务一样在这两张床上与他做爱，没什么快感，幸好每次都会很快结束。

我就要结婚了，周晚晴想，真好。

她又想到一个人，她觉得自己有必要把这个消息告诉他，虽然不知道为什么。她想知道那个人听到这个消息以后会怎么样，会祝福她吗？会发怒吗？还是会说他很忙，不要打扰他。

毕竟他也是个有家有室的人啊。

周晚晴找到了他的号码，那个人在她的手机里存储的名字只有一个字符——C。

他曾说过，这是他的一个私人号码，是一张查不到机主的黑卡。周晚晴尽量不让自己过度解读这句话背后的意思。

她的手指放在拨通的按键上，时间停住了，头脑中的另一个声音告诉她，不要这样做，让它自然地过去吧，就像从没有发生过。

她放下了手机。

好吧。

声音响起，手机屏幕随之亮了一下，周晚晴看着短信上的名字，只有一个C字符。

有时候她倾向于相信命运。

“我们能见一面吗？”短信上这样写。

周晚晴换了一身衣服，走进洗手间，拿出镜子前的香奈儿5号香水。

那是玛丽莲·梦露最爱的香水。

第三章

1

夏默在单向透视玻璃的外面看着审讯室里的男人，男人的目光呆滞，头发蓬乱，神情疲惫，瘦弱的身躯缩进一身水泥灰色的制服里，像一团缠在枯骨上的裹尸布。一束光定在他的脸上，男人的双手放在审讯室的桌子上，面前摆着一个烟灰缸，里面放着熄灭的烟头。夏默看到男人的手掌粗糙，指节宽大，长长的指甲里残留着黑色污泥。

不对，夏默心里想，不是他。

“怎么样？”

夏默回过头，说话的警员长着一张陌生的脸，夏默只能从声音里辨认出这是那天在刑侦队开会时打断他的人。

“和你想的不一样吧。”警员对夏默说，语气中带着挑衅，“就是一仓库看大门的，没有钱，更没有社会地位。”

“那为什么还不放了？”夏默问。

“你应该问我，为什么把他抓进来。”

警员调侃的心情消失了，他用愤怒的眼神看着夏默，“你是不是觉得自己是个天才？”

“不算很蠢。”夏默说，他又看了一眼审讯室里的男人。

“我告诉你，”警员指了指单向透视玻璃，“这个人已经招了。”

“他承认杀了江雪？”

“差不多吧。”警员的语气虚弱了一点，“不过就快了，他已经承认自己在4月12号当天见过死者，而且进入了死者的家里。”

夏默没有说话，他知道警员没说完，他在等着夏默的反驳，然后再打出一张藏起来的王牌，这种招式常被用来审讯嫌疑人。

警员在等着夏默的反应，却发现对方并不接招，只能继续引诱夏默入坑，“不过，有一件事你倒是说对了。”

“凶手很有可能重返案发现场，你们就是在那里抓到他的。”夏默说。

“不过就算你不说，我们也会对现场进行监视的。”

“是吗？”

警员听得出来，夏默的问话就是回答，他打出了王牌。

“告诉你吧，我们已经从这个人的身上搜到了重要的物证。”

“你找到那条黑色的内裤了？”

“你怎么知道？”

夏默没有回答他的问题，他不太喜欢回答问题，但他却对警员提出了另一个请求，“我能进去跟他说句话吗？”

“你没有这个权力。”

“所以我才会问你。”夏默从警员的表情上，看出来对方没有感受到自己的蔑视，于是顺水推舟，“毕竟我的推断错了，我想听嫌疑人亲口告诉我。”

警员的脸上浮起一丝笑容，他转过头，用带着得意的表情示意夏默进去。

那个男人的目光依然呆滞，仿佛没有看到坐在对面的夏默。“从头开始说吧。”夏默对男人说，“4月12号当天，你为什么会去江雪的家里？”

“我已经跟刚才的警察说过一次了。”男人没有看着夏默，他的眼神始终盯着桌上的烟灰缸。

“好吧，那我来说，你听着。你很早就认识江雪了，但我不确定她是否也认识你，你在她工作的金沙夜总会做仓库管理员，像江雪这样的姑娘，每天见惯了上流社会的人士，眼里大概根本看不见你这样的人吧。”

夏默边说边观察着男人脸上的表情，他注意到男人的嘴角抽动了一下，知道自己已经戳到了他的痛处。

“你那天去江雪家，”夏默看着之前的笔录，“据你说是江雪请求你帮忙搬一箱重物，你答应了，进入了她的房间。”夏默把笔录扔到一边，眼神凶狠地看着对面的男人，“你试图猥亵她，但你不敢，你怕她会反抗。”

“不是这样的！”

男人终于有了反应，他试图站起来，但审讯椅上的挡板阻止了他。

夏默不顾他的激烈反应继续说道：“你卑微、懦弱、胆小，脑子里想象强奸的画面，最后却只敢用一条偷来的内裤发泄。”

“放屁！”

男人的情绪愈发失控，夏默知道外面的警员随时可能进来结束他的问话，他的时间很紧张。我在帮你，夏默在心里说，你这个蠢货。

“现在告诉我，”夏默想要稳住局面，“你为什么回到江雪的家里？”

“我杀了她！”男人大喊。

“什么？”

“我杀了她，不对，我强奸了她，先奸后杀，真他妈爽！是我干的，是我！”

男人歇斯底里地大叫，夏默看到警员开门冲了进来，他的身后还带着两个人。他们死死地将男人的头按在审讯桌上，男人的面容在几只大手下变得更为扭曲，嘴里却依然含混不清地喊着，“是我杀了她，是我！”

“你宁愿背负杀人罪，也不愿承认自己的懦弱？”

“可以了，”警员打断夏默，“谢谢你的帮助。”

“他在说谎，”夏默说，“死者并没有被性侵的痕迹，他在编造事实。”

“这些我们都会调查的，你的工作结束了。”警员说。

夏默离开审讯室，最后对着单向透视玻璃看了一眼，里面的男人还在无望地挣扎着。

2

“绝缘体”乐队正在舞台上卖力地演出。

何诗宜并不习惯来这样的场所，在进来之前她还在担心自己的着装。她穿着简单的白衬衣和水蓝色牛仔裤，平时扎起来的头发散落在肩上。但是当何诗宜走进这家叫作“枪与玫瑰”的酒吧以后，她意识到自己的担心都是多余的，因为所有人的目光都集中在舞台上演出的乐队上，除了门口验票的花臂男人，没有第二个人注意到这里又进来一个女人。

特别是现在坐在吧台前面的那个人。

何诗宜走近他，男人的面前放着一个方口古典杯，盛着半杯金色的液体。何诗宜在旁边坐下，酒保第一时间过来。

“喝点什么？”酒保笑着问她。

“嗯……啤酒吧，”何诗宜说，她不太喝酒，也不太懂酒。

“给她一杯玛格丽特。”夏默说。

酒保点了点头回去调酒，何诗宜对夏默说，“我以为你已经醉了。”

“我还没喝，”夏默看着自己的酒杯，“我在戒酒。”

“你怎么知道我在这里？”

难得主动问我一个问题，何诗宜心里想，“在金沙夜总会的时候，你说你是一个酒鬼。在千山，一个喜欢摇滚乐的酒鬼，能去的地方并不多。”

“你现在有点像一个警察了。”夏默看着何诗宜的一身便装。

装满玛格丽特的鸡尾酒杯放在何诗宜面前，她尝了一口，“其实史强人挺好的，就是心气有点高，觉得自己被你比下去了有点不服气，才会那样说话。”

“谁？”

“就是今天跟你见面的那位警员，他是我的前辈……”

“你说他啊，”夏默打断她，“你真的觉得我会在乎那种事？”

何诗宜点点头，“我知道你不在乎。”她清了清嗓子，说出路上想到的安慰的话，“我真正想跟你说的是，你对我们的帮助是很大的，如果没有你我们也不会这么快抓到嫌疑人。而且你的很多推理都是正确的，嫌疑人确实认识死者，带走了一条黑色的内裤，并且重返了犯罪现场……”

“你也觉得那个人就是凶手？”

“从目前掌握的证据来看……”

“你就回答我，”夏默再次打断她，“你是不是觉得，那个人就是凶手？”

何诗宜没有说话，这代表了她的答案。

舞台上的声浪一波高过一波，这让两个人沉默的间隙显得没有那么尴尬。何诗宜回头将视线投向演出的乐队，站在中间的主唱一边对着麦克风嘶吼，一边用夸张的动作扫过吉他弦。

“你也喜欢弹吉他？”

何诗宜觉得该说点案情之外的话题了，但是夏默并没有回应。

“你还喜欢画画？”

何诗宜做好了再次被忽视的准备，却看到夏默忽然抬起头来，用锐利的眼神盯着她，“为什么会这么说？”

“我……”何诗宜有点紧张，仿佛自己做错了什么事，“就是上次去你家的时候，看见客厅放着一把电吉他，旁边还有一个画册。”

“你看过里面的画了？”

“没有，”何诗宜说，“对不起，我没有要窥探你隐私的意思，你的房子很空，我只是无意中看到的。”

夏默的眼神再次暗淡了下来，眼神里的警惕消失了，“我不喜欢画画，”他否认道，“完全不喜欢。”

有时候何诗宜觉得夏默像一匹孤狼，有时又觉得他像一座冰川，但是现在，何诗宜不知为何觉得夏默像一个孩子。

尽管这个人并不比刚进警队的何诗宜大多少，但是他平日落寞的眼神和未经打理的胡须，总是给何诗宜一种跟长辈相处的错觉。此刻的何诗宜感到有些心疼，夏默是个骄傲的人，并带着他的骄傲参与了案件调查，而现在好像一切都与他无关了。她能够体会到夏默心中的失落。

毕竟他是“嗜血者”夏默，只有命案以及侦破命案的快感才能让他活下去。

何诗宜觉得，夏默被抛弃了，就像曾经的她一样。

“我能理解你。”何诗宜忽然说。

“什么？”

“理解你现在的感觉，这种感觉我也有过，我从小就在这样的感觉中长大。”

何诗宜在等待着夏默的反应。

她什么都没等到。

何诗宜端起酒杯喝下一口，酸的，她抿了抿嘴唇，忽然觉得在吧台的暖灯下，夏默那张没有表情的脸偶尔也有不那么讨人厌的时刻，酒精开始起作用。“你想听听我的故事吗？”她问夏默。

“不想。”

“我是个孤儿，”何诗宜仿佛没有听到夏默的拒绝，自顾自地说起来，“一直到今天都是。”

“我说了我不想……”

“我不知道我的父母是谁。”何诗宜无视他的打断，“从记事起我就在孤儿院里生活，当时孤儿院里加上我只有三个女孩。其中一个很早就走了，有人说是被领养了，有人说是转到了其他城市的孤儿院，我不清楚，因为当时我们在睡午觉，醒来后她就不见了。不过我当时太小了，完全不知道领养是什么意思，也不知道自己再也见不到那个人了，甚至更可笑的是，我醒来后在找的东西，不是一个和我一起长大的人，而是一条不知道被我丢在哪里的项链。我后来经常为此自责。”

何诗宜语气中带着忏悔，接着说，“不过，另外一个女孩后来成了我最好的朋友，也是我唯一的朋友。她现在回到了那个孤儿院工作，照顾和我们一样没有父母的孩子，我们每个月都要见一次面，就在我们最喜欢的餐厅里，这是我生活中最开心的事。”

夏默没有继续打断她，只是盯着眼前仍然一口没喝的酒。何诗宜更愿意将这样的表现理解成默许的信号，她接着说，“那家孤儿院很小，今天依然如此。我很笨，直到开始上学才意识到我跟其他小孩不一样，没有人接我放学，也没有人给我开家长会，每次到了假期，其他的同学都出去玩，我要继续待在孤儿院里，被一批批挂着‘志愿者’工作证的人像逛动物园一样参观。我得学会察言观色，学会对陌生人说谢谢——尽管我不知道我究竟该感谢什么，感谢他们带来的零食和衣服吗？可是我从来没有喜欢过这些东西。不过后来我渐渐明白，有一些人的确是我应该感谢的，那就是为孤儿院捐款的人。我不知道这些人是谁，但是他们确实负担了我的学费，至少是一部分学费，这些捐助加上学校的奖学金，让我顺利从警校毕业。我知道自己不是一个适合做警察的人，和那些性格强势的同学完全比不了，但我有一点是他们没有的，就是我能从人的眼睛里看见他们的伤痛，无论他是富商、明星还是杀人犯，因为我在孤儿院里看过太多双这样的眼睛。”

何诗宜看着夏默，喝光了杯子里所有的玛格丽特，是的，酸的。

“你的故事很无聊。”夏默说，他并没有躲避何诗宜的目光。

现场响起了今晚最热烈的一阵欢呼声，台上的乐队正在演奏一首歌的前奏，观众的声浪持续不停，演出似乎进入了高潮。

“这首歌还不错。”夏默说。

身边的喧闹掩盖了夏默的声音，何诗宜不得不倾身靠向他，“你说什么？”

“我说，这首歌还不错。”夏默贴在何诗宜的耳边喊。

“哦。”何诗宜也喊道。

她把头靠在夏默宽厚的肩膀上，她觉得自己有些醉了。今晚已经说了太多的话，酒精让她有勇气停留在现在的氛围里，直觉告诉她明天想起来会感到害羞和尴尬，但蔓延全身的醉意却告诉她现在不必在意明天的事。

“放下吧。”何诗宜趴在夏默身上说，“把以前受过的伤都放下吧。”

夏默突然抽回了肩膀，这让何诗宜险些从吧椅上摔下来。

3

一捧凉水打在脸上以后，何诗宜觉得自己醒了。

醒了的第一个证据是她感到羞愧，羞愧自己刚才对夏默交了底，把童年那点事透露得一干二净。何诗宜对着厕所的镜子开始反省自己，我为什么要这么做，为什么说那么多话，为什么对一个陌生人说那么多话？

她没有答案，这就让她更羞愧了，因为这算是间接承认自己刚刚彻底被酒精支配。明知自己不能喝酒，偏偏端着一杯鸡尾酒干了下去，幸好这杯酒不烈，让她现在还能像个正常人一样对自己检讨两句。她看着镜子里自己通红的脸和被凉水浸透的头发，忽然走了神。

也许跟他聊聊天也不错，何诗宜到底没能忍住冒出这样的想法。

但是，仅此一次，下不为例。心里的另一个声音及时出来警告她。

何诗宜对着镜子简单整理了一下，厕所厚重的封闭门隔绝了相当一部分演出的声音。她现在要回到那些声音里了，她用力推开门。

出去的瞬间，她感觉到肩膀被撞了一下，几乎同时和另一个女人发出“啊”的一声低呼，场地里的灯光太暗，何诗宜没看到那个声音的来源，她本能地说了一句“不好意思”，再转过头的时候，面前就只剩下一片黑暗。

我是不是特别习惯对人道歉，何诗宜心里这样想。

夏默趴在吧台上睡着了，何诗宜看到他面前的古典杯已经空掉，看来自己不是这里唯一一个酒量差的人。不过对于一个自称酒鬼的人来说，何诗宜真的没想到他一杯酒就倒下，她听说人在心情差的时候特别容易醉，也许吧。

不过这倒是让何诗宜心里轻松了很多。

“你还好吗？”何诗宜晃了晃夏默如铁水浇筑的身体，“我们回去吧。”

“不要走。”夏默的声音虽然含糊，何诗宜还是听清楚了。

“我没有要走。”何诗宜说。

“不要走。”

“我说了……”

“不要离开我。”

现在何诗宜确定了，夏默不是在对她说话。

但是，何诗宜不知道自己为什么要这样做，也许就像她说的，她很懂人的痛苦。已经恢复清醒状态的何诗宜俯身凑到夏默的耳边，轻声说：“我在这里。”

舞台上的乐手正在炫技，吉他、贝斯和鼓手正在轮番独奏，夏默告诉她这首歌还不错，但连他自己都没有听完。何诗宜看着醉倒的夏默，忽然意识到一件更棘手的事情。

夏默彻底睡着了，安稳得像一个婴儿。

187厘米，何诗宜心想，我怎么把你弄回家去？

4

夏默听见了雨声。

滴答，滴答。

他痛恨下雨，下雨会让他想起泥泞的小巷，想起那里无尽的黑暗和垃圾箱里的味道。那个黏稠的腥臭味在他打开垃圾箱金属顶盖的时候尤为强烈，但是他当时并不在意这种气味。有时候夏默会觉得，在那一刻他的嗅觉选择性的失灵了，在那件事过去多久后才渐渐恢复，他不知道。

滴答，滴答。

他痛恨下雨，痛恨和下雨有关的一切。

夏默在浴缸中猛然惊醒过来。

用了差不多一分钟的时间，夏默才意识到自己正安全地睡在自己的浴缸里。浴缸里没有水，他还穿着昨晚在枪与玫瑰看演出时的衣服，他记得自己好像喝了点酒，想不到戒酒计划只坚持了这么几天。尽管如此，戒酒的反应还真是强烈，一杯“教父”就让人彻底失去了意识。

这样也好，夏默想，戒酒的另一种方式就是让自己的酒量变差。

他依稀记得昨晚那个刑侦队的姑娘似乎也在酒吧现场，好像还说了很多话，具体是什么？

滴答，滴答。

夏默的思绪再次被这个声音打断了，他这才看到刚才梦里的雨滴是从哪里来的。洗手间的地面已经漫起了五厘米左右的积水，头顶的天花板上留下一片明显洇湿的痕迹，痕迹的中间，水滴凝聚在一处，随重力落在夏默浴缸旁边的地面上。

滴答。

楼上的水管漏水了，夏默起身，踏过浅水——他痛恨这种感觉，爬上一层昏暗的楼梯。他对着另一扇一模一样的破旧房门重重地敲了两声。

楼上的房子里没有回应。

夏默又踢了两脚，在依然得不到回应以后，曾经的职业习惯让他想到的第一件事是破门而入，他知道自己不能这么做，但又无法忍受下雨一样的声音继续出现在自己的房间里，他想到了一个人。

通常夏默不会保留别人的名片，但是这个人给他的印象很好，当然也可能只是因为自己忘记扔掉。总之夏默的运气不错，很快就在一堆杂物中找到了柳生的电话。电话很快被接起来，夏默问他是否能联系到楼上的住户。

“只有在我们公司登记的房主与房客才能联系上，但你家楼上的那一户不在我们的名单中。”柳生在电话里说。

“我猜到可能是这样，打给你只是为了碰碰运气。”

“你楼上的房子是不可能漏水的。”

“在这样的破房子里没有什么是不可能的。”

“你听我说，”柳生说，“你家楼上没有人住。”

“什么？”

“那是间空房。”

柳生进屋的时候，还穿着那身夏默熟悉的西装，完全不是方便干活儿的样子，这让夏默觉得他是在挂断电话后立刻从公司赶了过来。柳生带着一捆绳子和防水胶带，以及一个不知道装着什么东西的手提袋，进门以后将西装外套脱下，小心翼翼地挂起来。

“我打电话问了几个工人，”柳生说，“但是他们都没有时间，看来我们只能靠自己了。”

“你说楼上没有人住？”夏默追问在电话里没说完的话题。

“没错，”柳生挽起袖子对夏默说，“东西呢？”

夏默把准备好的一个尖头锤递给柳生，这是他在五百米外的一个工具店里买到的，同时带回来的还有一个铝合金制的三角梯，那个梯子现在就立在浴室里，放在天花板洇湿痕迹的下面。

“记得我跟你说过吧，”柳生一边爬上梯子一边说，“当时你住的这间房子里发现了尸体，报警的是这里的邻居，那个邻居就是你楼上这家。”柳生爬上梯子后对着天花板指了指。

夏默领悟似的点了点头。

“那件事以后，这家人很快就搬走了，那间房子就一直空着，所以……”柳生用尖头锤对着天花板上的洇湿部分狠狠砸了一下，“漏水的不是他家。”

尖头锤陷入天花板中，夏默这才注意到，这层天花板只是一层并不牢固的三合板，漆上了与墙面相同的白色，上面还有一层镂空的空间。

柳生似乎看出了夏默心里的想法，对他解释说，“浴室的这个位置，上面有很多水管，特别难看，所以就隔上这么一层三合板，起到一些遮挡的效果。没办法，旧房子就是这样。”

“不过还是有一些水管没能包裹上。”夏默抬起头看着依然裸露在外面的两根。

“没错，不过也只能做到这样了。”

尖头锤再一次砸进三合板中，夏默觉得自己应该做点什么，“要不我来吧，”他对柳生说，“就是把这块浸湿的板子砸开对吗？”

“不用，”柳生慌忙阻止，“你力气太大，下手没深没浅，如果不小心砸到里面的水管，就不是滴水的问题了。”

“那至少让我做点什么吧。”

柳生站在梯子上，低头对夏默笑了笑，“去帮我买杯咖啡吧。”

夏默点了点头。

“还有，”柳生说，“顺便把浴室的门关上，不要让水流到外面去。”

夏默离开浴室，听到里面再次传来敲击三合板的声音。

夏默端着两杯咖啡从厨房出来，柳生已经换上了一件干净的衬衫，将刚刚干活儿穿的那件塞进了随身带来的手提袋中。

“走了很远，还是只有速溶咖啡。”他将其中一个杯子递给柳生。

“没有关系。”柳生笑着说。

滴答声终于停止了，现在夏默觉得世界很安静。

“问题找到了，”柳生说，“有两根水管在连接处出现了一些松动，不是什么大事儿，很容易修，稍微紧一紧就可以了，我又用绳子固定了一下，贴上了防水胶带，应该不会有问题了。”

“想不到你连这个都会。”

“租房子嘛，总会遇到各种各样的问题，看多了也就学会了。”柳生低头看了一眼手里的咖啡，“就是天花板弄得挺难看的，过几天我找装修工人过来补一补。”

夏默坐在地上，看着站在旁边的柳生，“没有可以坐的地方，”他表示了自己的歉意，“我平时在家里就这样。”

柳生笑了笑没说话。

夏默很喜欢柳生这样的状态，他做不到既不讲话又不让对方尴尬，他只能做到前者。

身旁的旧电视正在播放一个广告，夏默记得这个广告，但是这次播放的似乎是一个加长的版本。广告里的中年男人从汽车上下来，闻了闻自己的衣服，画面用夸张的特效标示着他身上无处不在的烟味。男人一筹莫展，带着手枪式喷头的白色瓶装除烟喷雾出现在他的手上，接着是一系列描述残留烟味被消除的特效画面。在下一个场景中，男人拥抱着自己的妻子与小孩，画外音正在告诉观众这款除烟喷雾的价格和购买地址，广告在一片阖家欢乐的场景中结束。

“这个广告可真够无聊的。”柳生看着电视说。

“是吗？”

“这个男人怎么看都是个彻头彻尾的窝囊废。”

夏默没有说话，因为有另一个声音吸引了他。

电视里说话的是一个女人，长发、干练、眼神锐利，带着职业女性的性感。她正在播报金沙夜总会员工，25岁的江雪在家中身亡的案件，女人的语速很快，但是吐字清晰节奏舒服，夏默看了看画面下面的字幕，上面显示着女人的名字：记者，沈凝。

她简单扼要地概述了这起案件的大概信息，这起表面上看起来是自杀的案件经过刑侦支队的深入调查，发现诸多疑点，警方怀疑这是一起伪造成自杀的凶杀案，迅速立案调查，目前案件进展迅速，已经锁定一名重要嫌疑人，正在审讯当中。

夏默记得，他第一次去刑侦支队的时候，那个姓韩的副队长特别对他强调不要泄漏任何信息，然而现在这些信息已经被全千山的人知道了。

看来他们依然笃定那个倒霉的仓库管理员就是凶手，他们急于让民众知道自己不是笨蛋。

果然，接下来的画面就是那位副队长，以及在审讯室外对他表现出敌意的叫作史强的警员，他们正在接受采访。夏默看到这两个人满面红光，在摄像机面前努力掩饰着内心的窃喜，但这一切都写在他们微微变化的表情上。

“看这样子，他们应该是已经抓到凶手了。”柳生说。

“是吧。”夏默小声回了一句。

现在要怎么收场？夏默心里犯愁。

5

电话响了，一个陌生的号码。

夏默在超市的收银台前付了现金，并带走接下来一周的食物。收银员的神色冷淡，撕下一张小票递给夏默。比起那些热情周到满脸堆笑的服务，夏默更愿意与这样的人打交道。

他没有理会电话铃声，任其自然安静。微弱的月色下他在一个立着公用电话亭的路口转弯——那个破旧的公用电话应该早就是堆废旧塑料了——走进没有灯光的小区里。夏默现在有点喜欢自己住的这个地方了，尽管这里荒凉冷漠，却很适合他这样的人。

有时候夏默觉得，自己并没有真的活着。

也许我在一年前的那个时刻就已经死了，他沿着黑暗的楼梯这样想，现在的一切只是我在另一个世界的梦境。

夏默站在自己的房门口，在掏出钥匙准备开门的一刻，忽然停了下来，脑中一些奇怪的信号在闪烁。警察的职业病，他对自己说，要戒掉这些习惯。

尽管如此，他的双腿还是不自觉地带着他向上多爬了一层楼，他走到楼上的那间房子门口，柳生告诉他这里已经没有人住了，但他还是几乎本能地抬手敲了敲。

回应他的是再次响起的电话铃声。

还是那个陌生的号码，看来这个号码背后的人今晚是执意要找到他。知道他电话的人不多，夏默在接起来之前就猜到了那个声音。

“我就知道是你。”在对方说话以后，夏默这样回答。

“你没有存过我的号码？”何诗宜的语气中带着呼之欲出的不解和失落。

“我为什么要存？”

何诗宜没有继续这个话题，电话那边的她显然很着急，“出状况了。”

对话中止了几秒钟，何诗宜似乎意识到这是夏默示意她说下去的方式，“我们发现了另一具尸体，是完全相同的作案手法。”

“但是……”这次夏默给了何诗宜一个转折的空间，“但是根据报案人提供的信息，死者在一天前还跟他通过电话，也就是说，死者的遇害时间发生在24个小时之内，而在那个时间，我们的嫌疑人正关在刑侦队里。”

“但是……”

“还有什么但是？”

“但是你们却在这有限的24小时内，紧锣密鼓地接受了电视采访，通报案情，并且对着镜头傻笑。”

“你说这个呀，”何诗宜叹了口气，“别提了，现在队里都炸了，他们当时还让我出镜呢，幸亏我没去，丢死人了。”

夏默没有说话。

“我需要你的帮助。”何诗宜说。

夏默依然没有说话。

“我知道这不是你的义务，”何诗宜说，“我也没有任何权力要求你继续参与调查，但我希望你能回来。”

“我找不到回去的理由。”夏默说。

“你要放弃我了吗？”何诗宜似乎觉得话有不妥，补充道，“我是指我们。”

“我不能放弃吗？”

“你当然可以，”何诗宜赌气地说，“反正一个逍遥法外的连环杀手跟你也没什么关系。”

夏默没说话。

何诗宜继续说，“反正也杀不到你头上来，现在看来，凶手就是在找女人下手。”

夏默的脑海中浮现出一个女人的样子，那是她在临死前倒在血泊中的画面。那个女人当时对夏默说——不要忘记我。

“如果你想放弃，那就放弃吧。”何诗宜说。

“是你送我回来的吧？”夏默问。

“什么？”

“我喝醉的时候，是你送我回家的吧。”

“你知不知道有多费力。”

“看来我欠你一个人情。”

深夜。

风不知从哪个方向吹来，骤起骤停，卷动着黄沙残叶，从一片荒漠飞向另一片荒漠。

偶有夜行的车辆经过这片寂静之地，但绝不会在此停留，轮胎碾过遍地碎石，氙气车灯如同划开夜色的拉链，这一切会在几秒钟内结束，车辆匆匆离去，一切重归黑暗。

方圆近千米，只有一处亮着灯光。

这家24小时的便利店里，循环播放着德彪西的《月光》，音乐声虽然很小，但足以让这里与外面的荒芜夜色隔绝开。身穿着亮黄色工作服的年轻店员无聊地坐在收银台后面翻看手机里下载的网络小说。夜班的工资是白天的三倍，这是他坐在这里的唯一理由，尽管他也不明白，这家全国连锁的便利店，为什么会开在这样一个荒无人烟的地方。

有人说这里是千山未来的重点开发区域，他不相信这样的说法。因为即使在阳光明媚的白天，放眼望去也看不到一点发展的迹象，他套用刚刚在小说里看到的句子——这里是遗忘之地。

他今晚所有的工作就是坚持不睡着。头顶的监控器在看着他，除此之外没有什么需要特别注意的了，没有人会来到这里。

但是今晚是个例外。

门口的自动感应装置发出“欢迎光临”的声音，他以为是自己幻听，却看见那个人已经走了进来。他变得紧张，警惕地看着在货架间穿梭的人，在这个时间和这个地点，哪怕是一个看起来正常的顾客也是值得怀疑的。

更别说眼前的这个人，完全算不上是正常的。

那人穿着一袭黑色的套装，卫衣上的帽子盖住了他的头。黑衣人戴着纯白色的口罩和手套，浑身上下只留下一双眼睛露在外面。店员想起朋友借给他的那盘美国电影里黑帮抢劫便利店的桥段，枪口、现金和听起来特别过瘾的脏话。

美国电影给他的经验是，如果眼前这个人真的是劫匪，那他现在应该已经在手忙脚乱地打开收银机了。但至少此刻他还是安全的，这让他稍微松了口气，眼睛依然时刻不离地跟随着货架间的黑色身影。

黑衣人的手上拿着一袋全麦面包、一桶五升的饮用水，这对店员来说是一个不错的信号，至少让他觉得对方像是一个普通的顾客。哪有那么多的抢劫犯，也许只是个路过的汽车司机，店员对自己说。

黑衣人向收银台的方向走来。

放在店员面前的，除了刚刚的全麦面包和饮用水，还有两听罐装啤酒和一卷透明胶带。两个人彼此都没有说话，店员拿过这些商品，用手持式条形码扫描器逐一扫过，装进塑料袋中，看了一眼机器上的数字，

“二十九元，还需要其他东西吗？”

对方没有说话，店员注意到黑衣人在看着手表。

“请问……”

对方伸出一只手，被白手套包裹的手示意店员不要讲话。他的眼睛没有离开手表，便利店的空气变得沉默，只有监控器上闪烁的红灯告诉他时间仍在流动。

过了不知多久，但对于那个紧张的店员来说，时间已经足够漫长了，黑衣人终于从旁边的架子上取下一包口香糖递给了店员，扫描器在条形码上发出声响，“三十块零两毛。”

黑衣人递过来一张信用卡。

店员按下收银机上的按钮，一张白色的购物小票打印出来，店员将小票和信用卡还给黑衣人。对方接过信用卡，把购物小票留在收银台上，拿起塑料袋转身离开。

离开之前，店员看到那人在监控器前停顿了一下，并抬头看了一眼。

门口的感应装置发出“谢谢光临”的声音。

德彪西的《月光》又一遍从头播放起来。

第四章

1

这是一个尚未完工的全新楼盘。

拔地而起的高层建筑中间，是看不到边际的沙石土丘、深深浅浅的沟壑，以及随处丢弃的建筑材料。这里完全看不出小区的宣传海报上那样大片的绿化园林。据说这里所有的房子早已售罄，但是除了白天劳作的建筑工人和装修工人之外，绝大多数的居民还没有搬进来，这个依然是半成品的小区，在完成之前，却先经历了一场劫难。

夏默找不到一条通向案发现场的路，只能深一脚浅一脚地试探着向小区深处走，终于找到标记着数字“4”的那栋楼，何诗宜已经在楼下等着他。

“第一次现场勘测和证据采集已经完成了。”他们一边上楼，何诗宜一边对他说，这个小区的电梯还没有正式开始运行，夏默庆幸他们只需要爬到三楼，他知道因为酒精的原因，自己的体力已经大不如前了。

“受害人名叫周晚晴，”进入房间以后，何诗宜开始说明案件信息，“23岁，一家广告公司的实习生。”

“23岁？”

“怎么了？”

夏默看着房间陈设，这不像是一个23岁姑娘的房子。那种颇具年代感的装修审美从每一个角落与家具中扑面而来，随处可见的红花绿叶盘踞在衣柜与床头，与床单上的碎花一起带来强烈的视觉冲击。深褐色带有写字桌的书架，更像是她的长辈愿意放在家里的东西。头顶浮夸的吊灯闪烁着一圈七色的彩光。看来这一次现场还是没有开灯，如此夸张的灯光，一定会在进入现场的第一时间被注意到。

何诗宜似乎已经习惯了夏默对她的忽视，她带着夏默走进客厅右边的浴室。夏默看到浴室里依然光洁如新，物品摆放整齐。浴帘、抽水马桶和洗漱池都没有明显使用过的痕迹。一把实木餐椅横倒在白色的地面上，这把椅子本来应该放在客厅与厨房中间那个空间有限的饭厅里，与餐桌和另一把椅子组成一套。看来这里就是发现尸体的地方，夏默顺着实木餐椅抬头看去，一根银色的金属晾衣竿固定在墙壁两端，这种两边插进墙壁的晾衣竿，通常是在装修的时候便由工人提前安装好的。

“23岁，只有一份实习工作，”夏默嘴里念叨着，“虽然装修老气，但是却精心到连晾衣竿都准备好了。”

夏默仰起头，从一个角度去寻找晾衣竿上留下的痕迹。

何诗宜对夏默说：“跟勒死江雪的东西一样，还是挎包上的肩带。”

夏默点点头，看着晾衣竿上擦过的痕迹时，他也得出了相同的猜测。他看着晾衣竿在中间有一些细微的、不太容易察觉的凹陷与弯曲，这应该是死者在挣扎时造成的，这个人的体重很轻。

夏默做警察的生涯中，他在第一次参与命案调查时就明白一个道理，那就是：现场会说话。他不记得有多少次了，当他走进一个命案现场的时候，会感受到那种强烈的冲击和申诉，他能感觉到凶手还留在这里。不是真的留在这里，而是凶手的体温、意念和呼吸。在现场被彻底污染之前，那些东西就会永远留在这里，但是这两次的案件，现场却成了哑巴，它拒绝对夏默透露任何消息。

夏默环顾整个房子，你在哪里？他在心里对凶手发出疑问。

夏默觉得自己在这里待的时间已经足够多了，继续下去也不会有更多的发现，“报案人是谁，带我去见见。”

夏默的一只脚已经踏出浴室的门口，余光中一个精巧的黄色玻璃瓶吸引了他的注意，他停下来。

“香奈儿5号。”他用戴着手套的手拿起那个瓶子，100毫升的香水并没有使用多少，几乎还是满的。“香奈儿5号。”他重复了一遍，似乎在对自己确认着信息。

“怎么了？”

“一个只有实习工资，连晾衣竿都要父母买的人，怎么会舍得买一瓶一千多块的香水？”

“这么贵呀，”何诗宜从夏默手里拿过香水瓶，眼神有些失落，“我完全不懂香水。”

“不奇怪，只有真正的女人才会懂这些。”

何诗宜怒目而视，忽然感觉到自己像是被什么东西击中似的，夏默显然也注意到了何诗宜表情的变化。何诗宜打开香水闻了闻，“这个味道，我好像在哪里闻到过。”

2

在刑侦队里，夏默又看见了那个人。他可以确定的是，如果这个人之前没有在审讯室门口嘲讽过他，那么他是无论如何也记不起这个人的容貌的。

然而此刻，史强的表情早已不像电视上那样意气风发了，他看起来颇为颓废，头发粘在一起，黑眼圈十分严重。

副队长老韩也来了，表现出同样的无精打采。老韩看了夏默一眼，一言不发，面色凝重。

“韩队，我还是觉得那个仓库管理员就是凶手，他是目前嫌疑最大的人，我对他的看法没有改变。”史强说。

“我对你的看法也没有改变。”夏默说。

夏默感觉到何诗宜在他的小腿上偷偷踢了一下。

“那你怎么解释现在这起案子？”老韩没有理会夏默，对史强说，“你怎么解释这个完全相同的作案手法。你告诉我那个仓库管理员是怎么做到被关在这里的时候，又出去杀了第二个人的？”

“我觉得是模仿犯罪。”史强说。

“模仿犯罪？”老韩的眼神忽然闪了一下。

“是的，”史强提高声音，试图让自己看起来更自信一些，“第二件案子当然有要追查的嫌疑人，但是江雪案的凶手我们并没有抓错，”他瞪了夏默一眼说，“只不过有人通过江雪案的细节，如法炮制了另一起同样的案件。”

“那么，那个模仿犯，”夏默摆出认真请教的表情，“他是如何知道那么多细致的案件细节的，毕竟我好像是被通知要严格保密的。”夏默的眼睛扫过老韩和史强，“让我猜猜，也许他是通过在家吃饭的时候，无意间看了一眼电视知道的吧。”

夏默的小腿又被踢了一下，这次的力道要大一些。

“确实是工作上的疏忽。”老韩没有像史强那样愤怒地看着夏默，“我们不应该在媒体上公布信息，让有犯罪倾向的人得到启发。”

夏默突然有点同情老韩，他在第一天见到老韩的时候，就从对方的眼睛里看到一种渴望，一种让老韩重新变得年轻的东西。现在这个东西正在从老韩的眼中淡去。

“放心吧，”夏默安慰老韩，“这绝不是模仿犯罪，两起案件的凶手是同一个人。”

“你怎么能确定？”

“两个原因，”夏默看着史强说，“第一，史警官认为是模仿犯罪，那就一定不是；”夏默没有理会何诗宜对他小腿发起的第三次攻击，继续说，“第二，你们虽然接受了电视采访，说起死者在吊起前已经失去了意识，但没有说是因为什么失去的意识。”

“那就代表……”

“韩队，验尸结果出来了。”一名警员走来，手里拿着一个装在文件夹里的报告说，“和前面那个人一样，这名死者的胃内容物里同样检测出来水合氯醛的成分。”

3

“你怎么确定周晚晴的胃里有水合氯醛？”

“你下次能轻点踢我吗，我的小腿现在还在疼。”

何诗宜偷笑。

“你先回答我的问题。”

“我不能确定。”

“不能确定？”何诗宜跟在夏默身后小跑了几步笑着说，“那如果检测不出来，岂不是很丢人？”

“但是我相信一件事，”夏默说，“现场会说话。”

“现场会说话？那现场说了什么？”

“它保持了沉默，沉默是另一种语言。”

夏默相信现场，并且永远只相信现场，或许这是基于他对人类天然的怀疑，他觉得撒谎才是人类的本性。人类在面对任何选择的时候，本能地会首先选择欺骗，而人的行为轨迹，则是屈指可数的几个诚实的时刻之一。很多凶手在作案后都会试图去清理现场，但是往往会弄巧成拙，事实上凶手在现场做的工作越多，留下的线索就越多，但是这两次的现场告诉夏默，这个人的本性就是不留痕迹，即使在日常生活中也是如此，这是一个幽灵。

夏默要见的人，已经在刑侦队等了很久了。

他们走进一间隔音良好的会议室里，夏默和何诗宜坐在一边，那人坐在对面。跟他坐在一起的，还有一对夫妻，女人从见面时就一直在哭，而男人则在抱怨为什么要让他等那么久，他还有很重要的事情要做。

报案人自称是周晚晴的未婚夫，“婚期就在下个月，没想到却出了这样的事。”

“你是怎么发现周晚晴出事的？”

“那天我们还通过电话，”周晚晴的未婚夫说，“她说晚上可能会去我家吃饭，但是没说一定，所以在她很晚都没来的时候，我又给她打了几个电话，她都没有接。我当时还不是很担心，这种事情以前也出现过。毕竟我们都有过没听见或者漏接电话的时候，对吧？”

周晚晴的未婚夫讨好似的看着夏默，似乎在期待他的认同，夏默看着他的脸，没有说话。

“再晚一点，大概快晚上十一点了吧，我记得这个时间，是因为如果我们不在一起过夜的话，我会在这个时间给她打电话说晚安。可是当我打过去的时候，电话是关机的，那时候我有点慌了，我当时想给——”他顿了一下，看着旁边的那对夫妇，“我想给叔叔阿姨打电话，问问晚晴是不是在他们那边，但是想想他们应该已经休息了，所以最后还是没打电话就睡了。到了第二天早晨，她的电话依然关机，我打她公司的座机，她的同事告诉我周晚晴不在而且没有请假，那时候我意识到可能出事了，接着打给阿姨，他们以为晚晴昨晚是跟我在一起，于是我们就去了新房，阿姨有那间房子的钥匙，然后我们就看到了——”

未婚夫没有继续说下去，他也不必再说下去了，所有人都知道他们看到了什么，此时旁边的女人已经泣不成声。

“都是我造的孽！”女人忽然喊起来，她趴在会议桌上，疯狂地抽泣着，不断地用手捶击着桌面，“都是我造的孽，如果我不生下她，她就不会遭这份折磨。”

周晚晴的未婚夫在尽力地阻拦和安慰他的准岳母，何诗宜也加入了安慰的行列，而剩下的那个男人，也就是周晚晴的父亲，依然一言不发地看着，他丝毫没有试图掩饰眉宇间的厌恶。

4

看到夏默从小区里出来，何诗宜按了两声喇叭。

夏默坐上副驾驶，单手拉过安全带，忽然像只猎狗一样在车里嗅了两下，“什么味道？”

何诗宜有点不好意思，尴尬地笑了笑。夏默看着手握方向盘正襟危坐的何诗宜，那张从没有任何表情的脸竟然也发生了些许变化。何诗宜觉得夏默的瞳孔在放大，这是她期待的结果。

“你喷了香水？”夏默有些不可思议地说，“还弄了头发？等等，这条裙子又是怎么回事？”

“今天不用上班，稍微改变一下形象嘛。”何诗宜扭捏地说。

“香水都是女人用的，你跟着凑什么热闹？”夏默认真地问。

碍于车内空间和自己并不适应的裙子，何诗宜没能在夏默的小腿上踢上一脚。

“哦……”夏默恍然大悟地说，“因为周晚晴。”

“跟她有什么关系！”

何诗宜语气强烈地否认，算是告诉夏默自己间接承认了他说的是对的。周晚晴家里的香水，以及夏默对于女人才会使用香水的说法，让她在今天早晨鬼使神差地梳妆打扮了一番。

“先别说这个了，”何诗宜迅速转移话题，“为什么一大早就叫我出来，还必须要开车？”

“因为周晚晴工作的广告公司很远，你也知道千山的早晨很难打到车。”

“那你来开吧，我想睡一会儿。”何诗宜说。

“我的驾照被吊销了。”

“怎么回事？”

夏默没说话，但何诗宜已经想到了答案，“所以你才想戒酒？”

“算是原因之一吧。”

何诗宜笑着发动汽车，他们行驶上公路，千山的早晚温差很大，薄薄的晨雾让她不能开得太快，这代表一路上的时间会比预计的更久。何诗宜看着前方的道路，她恍然觉得夏默似乎开始回答她的问题了，他们正在接近那种正常人类的沟通，这让她今天早晨的心情不错。

我的要求还真低啊，她在心里自嘲。

“我们为什么要去她的公司？”汽车开上高速路以后，何诗宜问。

“受害人的公司不是必须走访的地方之一吗？”

“但是队里的人已经去过一次了。”

“也就是说，他们已经在那里遗漏过一些信息了。”

何诗宜想要指责夏默的刻薄，却想到了第二次走访金沙夜总会时的场景，在她去过一次之后，还是被夏默找到了很多线索，这样说来，她自己也是夏默讽刺的对象之一。

夏默似乎看出了何诗宜的想法，竟然语带安慰地说：“其实最重要的原因是，公司是女人八卦信息的起点。”

“八卦信息？”

“你昨天没发现吗，”夏默说，“周晚晴的未婚夫在说那天发生的事情的时候，隐藏了很多东西。”

“你是说他说谎了？”

“不，我恰恰认为他说的是真的，只是有一些事情，他实在不太愿意说给别人，哪怕对方是警察。”

“具体说说。”

汽车驶入一条匝道。

“首先，周晚晴只是说晚上可能去他家吃饭，这代表即使在这样的小事上，他依然习惯了得不到确定的答案。接着在他打过了好几个电话，周晚晴都没有接听的情况下，我注意到了他的神情，”夏默似乎在回想当时的画面，“当时只有我一个和他年龄相近的男人，他非常希望得到我的认同，让他继续骗自己这样的事情没什么大不了的。”

“他可真会选求助对象。”何诗宜笑着说。

“还有就是，”夏默接着说，“他会在每天晚上十一点左右打电话给周晚晴道晚安，这是他寻找安全感的方式，但是即使电话关机了，他的安全感被打破了，他依然不敢继续深究。他以周晚晴可能在父母家，而父母应该已经休息了为借口继续麻醉自己，以此来逃避可能出现其他情况的想法。而这种可能的其他情况，不是周晚晴有生命危险，而是——”

“和别人在一起。”何诗宜说。

“某种程度上来说，正是由于未婚夫的逃避，才让周晚晴错过了最后被救助的机会。”

“这么脆弱的感情，为什么还要结婚呢？”

“因为那套房子。”夏默说。

“房子？”

“那是周晚晴的母亲买给她的。从装修来看，周晚晴和她的未婚夫没有花过一分钱，甚至连晾衣竿都是免费的，这让他的未婚夫在这场婚姻中省下来不少钱。”

“仅仅是这个原因，就能容忍一段充满猜忌的丑陋婚姻吗？”

面前的车辆开始密集起来，这让何诗宜的行驶越来越慢，直到被彻底堵在车流之中。

“很多事情都不是为了美好而存在的，只是为了存在而存在。”夏默说。

5

沈凝喝光了今天早晨的第三杯咖啡，依然觉得困。她看着采访间的布景，团队的工作人员正在根据她的意愿，将一条绣着阿根廷“五月太阳”的黑色地毯铺在地上，旁边放着一张金黄色靠背与酒红色法兰绒坐垫的椅子。沈凝的摄影师开玩笑说，这把椅子像是教皇在加冕仪式上才会见到的东西。沈凝轻轻笑了笑，她要的就是这种感觉。

地下乐队，沈凝端着空咖啡杯心里想，贫穷与混乱的代名词。

在沈凝固有的印象中，那些混迹在酒吧和音乐节上的地下摇滚乐队，是永远没有机会走进这间屋子的。他们在短暂的职业生涯中，最多只能拥有一辆尾气超标的二手汽车，载着乐队成员、他们的乐器与朝不保夕的生活，往返于排练室与演出场所之间直到解散。

但是这支叫作“绝缘体”的乐队引起了沈凝的注意。他们在千山的本地论坛上人气极高，一些购物中心甚至用他们的音乐替换掉了流行歌曲。收入据说也不错，虽然比不上歌手明星，但是演出门票却是其他乐队的几倍，而且场场爆满。媒体人的敏锐嗅觉让沈凝想到了这个选题，第一支进入千山电视台媒体中心大楼的地下乐队就要来了。

时间还早，沈凝决定下楼抽根烟，这是她每次做采访之前的例行公事。起初养成这个习惯，是在她刚入行的时候，第一次做采访她还是个实习生，采访对象是千山的一位知名油画家。沈凝很紧张，跑到厕所里连着抽了两根烟，但是在采访开始时她却惊讶地发现原有的紧张感在一瞬间消失了，没有心理暗示，没有事前演练，甚至没有人告诉她该怎么克服，就那么自然地消失了，从此再也没有出现过。

沈凝至今仍记得那个年过六旬的油画家意味深长的眼神，让她好几次下意识地并了并双腿。据说那个老头后来因为参与经济诈骗进去了，沈凝不是很清楚，更不关心。

穿过明亮繁忙的办公区，电梯将沈凝送到地下车库，她站在一个指示牌下点燃香烟，清空思绪，让身体放松下来。

手机响了，楼上的助理告诉沈凝，采访对象已经就位。

他们提前了二十分钟，沈凝看着手表，提前是和迟到一样没有礼貌的行为。她继续抽完剩下的半支烟，将烟头在旁边的垃圾桶上碾灭。

“你好，我是崔研一。”上来跟沈凝打招呼的是个女孩，“我们终于见面了。”

沈凝不记得这个名字，但是记得这个声音。她在一周前试图联系这支乐队的时候，电话那头就是这个声音，她说自己是“绝缘体”乐队的经纪人，沈凝很惊讶，她以为只有真正的明星才需要经纪人。

沈凝敷衍地笑了笑，视线转向旁边一个清瘦的男人。那人笔直的长发遮挡着耳朵脸颊和一部分眼神，他穿着一件黑色印有“性手枪”乐队名字与英国女王头像的T恤，他的身上没有文身，这倒让沈凝颇有些惊讶。

“你就是姜一晨吧。”沈凝对他伸出手。

“你好。”姜一晨说。

沈凝感受到了姜一晨的局促。在镜头、灯光和五六双眼睛齐齐对着他的时候，这个在舞台上肆意随性的摇滚乐队主唱，表现出了难得一见的紧张。

沈凝意识到这是她的机会。

“我去过你们的演出现场，”沈凝说，“女孩子特别多，有没有和你走得比较近，让你特别喜欢的女孩儿？”

“我不在意这件事，我只关注在我的音乐上。”姜一晨回答。

很安全的回答，沈凝想，至少目前为止是这样。

“说起你们的音乐，你负责乐队大部分歌曲的创作，据我所知在组建‘绝缘体’乐队之前，你就在网上发过一些歌，你怎么评价那时候的音乐？”

“肯定和‘绝缘体’的歌没法比，”姜一晨说，“而且坦白讲，那些音乐简直就是垃圾。”

谢谢，这就是我要的答案。

采访在按部就班地进行，沈凝一边优雅地面对镜头，一边在脑中整理自己需要的素材，多年的经验已经训练出她精准的生物钟，她不需要有人提示，就能清晰地感知到时间的进度。

录制结束了，沈凝站起来，再次与姜一晨握手，感觉到了姜一晨手心的潮湿。

“谢谢你的配合。”沈凝说。

“什么时候播出？”插话的是姜一晨的经纪人崔研一，在整个访谈期间，她一直坐在摄影师的旁边，沈凝注意到姜一晨每次在回答问题的时候都会下意识地向她的方向瞟一眼。

很明显，他们都担心会说错话，他们还没有面对过媒体，至少没有面对过这样规模的媒体，这既是机会，也是风险。

“你很快就能看到了，”沈凝说，“我们有非常优秀的剪辑师。”

沈凝送他们来到电梯口，按下电梯旁向下的按钮，她喜欢访谈结束后的沉默，尽管对很多人来说，这个短暂的时间略显尴尬，以致他们总是试图打破这份沉默。

“你比电视上看起来更有气质。”打破沉默的人出现了，说话的是崔研一。

“谢谢。”沈凝说，“你也是，你活得很精致。”

“真的吗？”

电梯怎么还不来，沈凝的内心开始烦躁，虽然她一直都在有意识地避开这个场面，但是最终还是陷入了无聊的女生话题中。

“没错，”沈凝急于结束闲聊，“从你刚进来的时候我就闻出来了，香奈儿5号，非常适合你。”

电梯终于到了。

沈凝保持着职业的笑容，直到电梯门缓缓关闭，两个人彻底从她的视线中消失。她瞬间收起表情，高跟鞋踩在地面上发出急促的响声，她穿过明亮忙碌的办公区，回到了刚才的采访间。

所有的机器和布景都在原位。

“沈姐，需要补几个镜头吗？”摄影师问。

“你说呢？”

6

“你觉得凶手是个什么样的人？”

“一个艺术家，”夏默说，“一个优雅的艺术家。”

看到何诗宜疑惑的表情，夏默补充说：“我不是说凶手的职业，而是留下的现场，就像一幅毫无瑕疵的装置艺术作品。”

“你好可怕。”

“你知道伟大作品的共同点是什么吗？”

“什么？”

“留白。”夏默说，“就像海明威的小说一样，从没有多余的对话，也没有多余的场景，但那些东西却在读者的脑中变得丰富具体。我们现在面对的就是一个懂得留白的人，这个人把最原始的东西留给我们，不做更改，不做修饰，我们只能在这样的留白中去寻找。”

“听起来你好像很欣赏这个人？”

“我很想认识他，”夏默有些遗憾地说，“也许我们能够成为朋友。”

“果然没错。”

“什么意思？”

“在见到你之前，我就听警队的人说过，你无论面对怎样残忍的凶案，从没有表现过对受害者的任何一点同情，相反，你往往对凶手更感兴趣。你喜欢那些聪明的，逃脱追捕，玩弄警察，甚至在作案时表现出审美倾向的凶手。”

“我们到了。”夏默看着面前的写字楼说。

奥斯陆广告公司独享这座写字楼的15层，一百多名员工分布在文案、设计、商务、运营和销售等众多职位。周晚晴就是创作组的一名实习文案。她的日常工作包括：写修改了几十遍最后被客户弃用的广告语、替请假去旅游的同事完成他们留下的烂摊子，以及为整个办公室人员订餐和煮咖啡。

部门主管是个小个子的中年男人，对夏默说话的时候要仰着头，他被通知要在这里迎接第二次的警察走访，早早就在门口等候着。“去会议室说吧。”他指着一扇打开的门。

“我想在这里转转。”夏默看着创作组的二十几名员工，所有人都在伏案工作，仿佛没有看到他们一样。夏默知道，这是公司内部提前下了命令，不准随便和警察说话，很多公司在员工出事后都会这么做，那就是假装什么都没有发生过。

小个子很为难，但还是不得不说了一句，“好吧。”

开放式的办公桌，没有隔间，但是所有人还是默契地保持着自己的空间。夏默从他们的身后走过，仿佛穿了隐形衣，他们对着电脑打字，翻阅文件夹里的表格，确认每一个客户信息，如同一台台流水线上的机器，就是看不到穿梭在中间的夏默。死去的同事和眼前的工作，显然后者对他们来说更重要。

办公室的墙上贴着形形色色的海报，那是奥斯陆广告公司以往合作过的案例。汽车、方便面、避孕套……夏默一个个看过去，确实有一些响亮的品牌，但是大多数产品都没有听说过。忽然夏默看到了一个熟悉的产品——蓝底海报，白色瓶子，手枪式喷嘴，旁边站着一个表情惬意的男人，夏默认出来这就是电视广告里最后拥抱妻子和孩子的那个男人。

他的视线再次扫过办公区，走向一张空着的桌子。桌上的零食饼干还剩下一半，放在已经关掉的台式电脑和没有用完的抽取式纸巾旁。

这里就是周晚晴最后工作的地方。

显示器后面，夏默看到一个与其他人不太一样的女孩。红唇、短发，目光游离，这是一个信号。也许是我想要寻找的东西，夏默心里想，他不是来问那些其他人已经说过的常规问题的，他现在是一名八卦记者，一个狗仔，狗仔就要有狗仔的嗅觉，狗仔要找到开屏的孔雀，找到试图透露信息的嫉妒者。

“能打扰你一下吗？”夏默对红唇女孩说，“我有一些问题想问你。”

女孩故作不情愿的表情，但没有坚持多久，她就跟着夏默一起进入了会议室里，部门主管也迅速跟了进来，夏默盯着中年男人。

“你们聊，你们聊。”中年男人终于在夏默的眼神中退却了，出去关上了门。

女孩的表情看起来有点紧张，也有点期待。很好的状态，夏默心里想。

“我可以向你保证，我们在这个屋子说的话，我会为你保密。”夏默说。

女孩点点头。

“但是我也需要你向我保证，你会把你知道的事情，”夏默想了想，“哪怕是你的猜测，全部都告诉我。”

“我保证。”

“我们在周晚晴的家里，找到了一瓶香奈儿5号香水。”夏默一边说一边观察女孩脸上的表情，“你知道是谁送给她的吗？”

“我不知道，也许是她自己买的。”

“也许，”夏默点点头，“我不太了解女人。如果是你，你会花掉自己工资的一半，特别是还在穿廉价的打折衣服和牛仔裤的时候，去买一瓶这样的香水吗？”

“我不会。”

“我猜也是。”夏默说，“我的下一个问题是，周晚晴在工作中，因为什么事让你讨厌她？”

“我为什么要讨厌她？”女孩有点慌了，“她的事情跟我无关。”

“我没有怀疑你和她的死有关，但我们总是有一个讨厌的人对吗？”夏默凑近了一点，给出适当的压迫感，“比如我吧，我就特别讨厌刑侦支队一个自以为是的家伙。”

一直在旁边的何诗宜发出一声笑声，又瞬间忍住了。

“也不能算是讨厌……”女孩意识到自己瞒不过去了。

“继续。”

“就是觉得不公平，”女孩说，“那个广告明明是我的项目，我熬夜做了几十个方案，客户全都不满意。可是她就做了一个，而且是特别平庸的方案，就拿下了这个项目。”

“哪个广告？”

“你刚才看的时间最久的。”

没错了，夏默在看那个除烟喷雾的广告海报时，就觉得一直有人在身后盯着他。

“那个产品的对接客户是谁？”

“你已经见过了，就是海报上的那个人。”

“他本人？”

“没错，他既是那个公司的创始人，也是那个产品的代言人。”

何诗宜拿起桌上的手机跑了出去。

她也终于机灵了一点，夏默看着缓缓关上的会议室玻璃门心里想。

“你觉得这是一次不太正常的合作？”

“我在广告公司工作两年了，没遇到过这么轻松的事情。”

夏默想起来柳生在他家里的时候，曾经评价过这个广告“好无聊”。

何诗宜回到会议室里，夏默看着她，她的表情带着一种激动与失落交缠的复杂感，夏默已经知道她要说什么了。

“我们的客户联系不上了？”

“我刚才让队里的人去查，找到了那个人公司和家里的电话，”何诗宜说，“他们已经很久没有见过他了。”

一个幽灵，夏默心里说。

幽灵最常出现在哪儿？身边。

夏默看着海报上男人惬意的表情。

7

“原来这里还有一条河，我以为千山就只有山。”夏默说。

“这是千山最有名的一条河，叫作花河。”何诗宜把车停下，对别墅区门口的保安出示了证件，保安虽然面露难色，却依然不得不放行。

“只有上流社会的人，才能住在花河附近，”汽车沿着别墅区的林荫路缓慢地行驶，“所以你的判断没有错。”

“我的判断？”

“对呀，你在第一次去刑侦队开会的时候，告诉我们要找一个上流社会的人，但我们却从没有来过这里。”

“他的公司里有什么线索吗？”

何诗宜摇了摇头，“公司的员工说已经有一个多星期没见过他了，韩队正在派人过去。”

夏默拿起在广告公司打印的资料，再次确认这个男人的身份。蔡星河，千山市星河化工有限公司董事长，47岁。

比夏默预想的年纪大了不少。

“我们为什么要先来他的家里？”何诗宜问，“他的妻子还没有同意上门。”

“这就是我们应该来的理由。”

汽车又驶过一段路，这个叫作左岸花园的别墅区，从外面看占地面积并不算大，但是复杂的园林设计还是让路变得漫长很多。

“你就不能主动解释一下吗？”

“什么？”

何诗宜无奈地叹了口气，“为什么蔡星河的妻子不同意，我们却更应该上门去找她？”

“你说他失踪了多久，一个星期多了是吗？”

“他的员工是这么说的。”

“那他的妻子为什么不报案？”

他们将汽车停在一栋别墅前，前面的庭院种着一株低矮的金银木，旁边悬着一架秋千和一个彩色皮球，何诗宜按下门铃，却迟迟得不到回应。

夏默绕着这栋别墅四周向内观看，窗扉紧锁，窗帘隔绝着屋内的景象。但是二楼窗帘轻微的抖动还是没有逃过他的眼睛，“她在躲着我们，”夏默说，“我们直接进去吧。”

“不行，”何诗宜说，“没有向队里申请，我们不能擅闯民宅。”

“回去补一张搜查证就可以了。”

“不行。”何诗宜挡在夏默面前。

“你可真是个听话的好警察。”

“你是在讽刺我吗？”何诗宜白了夏默一眼。

她又按了两次门铃，依然没有回应。别墅区格外寂静，只有门铃的喇叭里传出来的丝丝杂音。

夏默意识到什么，他凑向门铃说，“我知道你能听见我说话。”

何诗宜不解地看着夏默。

“我们只是想了解一些简单的问题。”夏默接着对门铃的通话器说，“你放心，我们对于你丈夫蔡星河那些经济上的问题完全没兴趣，我们也不负责这方面的调查，但是如果你一直不配合，我们只能请经侦队的人去查他公司的账了。”

门锁发出弹出的声响。

“请先换鞋。”

门内的女人穿着定制的长绒睡衣，怀里抱着一个正在专心摆弄玩具的男孩儿，夏默注意到她脸上化了一些淡妆。

“红茶可以吗？”他们在沙发上坐下以后，女人说，“英式红茶。”

“谢谢。”

“我不是怕你们去查他的账，”女人在他们的对面坐下，躲避着夏默的目光，“我是不想让邻居看见有警察一直在我家门口。”

“理解。”夏默说，“你放心吧，我们不会去查账的。我很讨厌没必要的麻烦，也许你也是。”

女人点点头。

夏默喝下一口红茶，他有意让时间凝固一会儿，这对打开对方的心理防线很有必要。

“据我们所知，你的丈夫已经一个星期没去公司了，”夏默环顾了一下这栋装修奢华的房子，“我猜这一个星期他也不在这栋房子里。”

“他去国外出差了。”

“具体是哪里？”

“法国？意大利？”女人思索道，“反正就是欧洲的什么地方。他有海外贸易，经常出国，我很少过问的。”

“但是哪天走的你还有印象吧。”

“就是……大概一个星期前吧。”

“具体几号？”

“具体……”女人端起红茶杯，用电影里慢速回放的动作去喝这口茶。

“过去十天，千山的国际机场并没有你丈夫的出境记录，”夏默说，“我们虽然不去查账，但是查航班信息和旅客名单还是很方便的。”

何诗宜转头看了一眼夏默。

女人的脸上露出为难的神色，继而转向痛苦。

“我希望你能配合我们，”夏默说，“我希望你能说实话，你要知道，你找的那些私人侦探是没有任何帮助的。”

女人突然哭了。

“求求你们，”女人抽泣着说，“我每天都在做噩梦，他什么都没说就不见了，我不知道他是死是活，也不知道该怎么对孩子解释，求求你们，帮我找到他。”

“我们就是为了这个来的，”夏默说，“但是在那之前，你要答应我一件事。”

离开别墅区，何诗宜忍了好久，终于还是开口问夏默，“你怎么知道蔡星河没有出境记录，我们根本就没查过。”

“我猜的。”

“你猜的？”

“且不论蔡星河是不是这两起凶杀案的嫌疑人，就从他失踪但妻子不敢报警这一点来看，他就是一个很怕被调查的人，最有可能的原因就是涉嫌经济犯罪。”夏默继续说，“当然我对这个没兴趣，只不过这样的人如果想要出逃，一定会先转移资产，并把老婆孩子提前送出国，所以他妻子在说谎。”

“那你怎么知道她雇用了私人侦探？”

“如果是你，丈夫失踪了，又不敢报警，你还有其他的选择吗？不找私人侦探，难道要上网求助啊？”

何诗宜白了夏默一眼，随即笑了笑。

“你笑什么？”夏默难得发问。

“我想起来你最后要求她做的事，”何诗宜说，“没想到你也有那样温情的时候。”

“如果温情这张牌有用，我为什么不用？”

“你就不能坚持三分钟不让人讨厌吗？”

何诗宜的电话响了，她戴上蓝牙耳机，一边开车一边回应。

“真的？什么时候？”

“三天前？太好了，那个地方在哪儿？”

“好的好的，你们先过去，我们随后就到。”

何诗宜挂断电话，忍不住兴奋的语气问夏默，“你猜怎么了？”

“我不知道，”夏默说，“但我有不好的预感，他们一定是得到了什么线索，只要是能够轻易得到的线索，一定没什么帮助。”

“这次不一样，”何诗宜说，“这次我们可以确定是他，他们查到蔡星河的信用卡在三天前消费过。”

“在哪里？”

“远郊的一家二十四小时便利店，”何诗宜说，“一共消费了三十块零两毛。”

纪录片的名字叫作《地下》，和库斯图里卡的电影同名。

电影在披头士乐队的乔治·哈里森独唱的《我的吉他呜咽》（*While My Guitar Gently Weeps*）的声音中进入阴暗的画面。逼仄的楼梯尽头，一扇布满涂鸦的门打开，背景音乐渐渐被“枪与玫瑰”酒吧现场的演出声取代，舞台上的“绝缘体”乐队正在用疯狂的姿态表演着。主音吉他手在弹奏一个泛音后用力拉动那把双摇吉他的摇把，发出如同马啸般的尖锐颤音；贝斯手全程背对舞台，流露出一副厌世者的姿态；赤裸上身的光头鼓手，用尽全力制造密集如枪击的军鼓声；姜一晨在狭小的舞台空间奔跑着，对着台下的观众掀起新一轮躁动。

特写镜头中的观众，脸上露出有如朝拜般虔诚与性高潮一样兴奋的表情。他们的汗水贴着头发，嘴里发出被音乐掩盖的呐喊，跳动的青年，彼此冲撞的人群，接吻的情侣……

现场烟雾弥漫，分不清哪些是香烟哪些是大麻，烟雾制造的蒙太奇效果让画面转向室外，变成清晨里面色疲惫正在挤电车的普通上班族，强烈的对比让很多人第一次看到千山混乱、潮湿与危险的一面。

“看起来他们都很喜欢你。”沈凝的声音变成了画外音。画面依然回到地下酒吧的观众身上，慢速播放，光影迷离，放大着每个人脸上的表情，“你怎么看待你的歌迷？”

“我不在意这件事，”姜一晨的声音，“我只关注在我的音乐上。”

“所以，歌迷对你来说并不重要？”

“是的。”这句话听起来并不像是来自演播室。

画面继续掠过台下观众的表情，他们正在对绝缘体乐队表示忠诚。

一些流行明星的演唱会片段被切入进来，字幕告诉我们这些是当下青年最喜欢的偶像，他们来自日本、韩国和美国，他们有男生团体和少女组合。

“对于现在的流行明星你怎么看，你觉得他们和绝缘体乐队、和摇滚乐的不同是什么？”

“肯定和绝缘体的歌没法比，”姜一晨说，“而且坦白讲，那些音乐简直就是垃圾。”

“垃圾”两个字被做成手写字体，占满以流行明星为背景的整个画面。

访谈以这样的形式穿插在充满暗示与对比的画面中，纪录片的时长在三十分钟左右，屏幕后的沈凝看着最终被剪辑版本露出标志性的笑容，“不错。”她拍了拍旁边剪辑师的肩膀。

这部纪录片即将播放在千山本地的电视台，在一部冗长的电视剧结束之后。

第五章

1

“这是个什么鬼地方？”

何诗宜的车和史强的车几乎同时抵达远郊的这片荒原，即使是在白天，这里放眼望去，依然弥漫着强烈的肃杀、寂静与危险的气息，史强下车以后忍不住感叹了一声。

夏默看着这个有如美国西部片中的荒凉景象，虽然这里仍属于千山，却感到了明显的低温。

那家24小时的便利店只有一个不起眼的招牌，他们走了好一会儿才找到这家店，门口的感应装置发出“欢迎光临”的声音，收银台后的店员露出礼貌的微笑，看到他们的警服以后，表情又转为警惕和紧张。

史强象征性地出示了一下证件。

“有什么事吗？”店员说。

“见没见过这个人？”史强将蔡星河的照片放在收银台上，那是一张标准的证件照，是他从星河化工的官方网站上打印下来的。照片中的蔡星河看起来比实际年龄小，头发沿着发际线一丝不苟地梳向两边，眉毛浓密，眼神放光，露出一丝浅显的微笑，让他看起来既不显得轻佻，又不过分严肃。

店员拿起照片仔细端详，“看起来有点眼熟，好像在哪里见过，又想不起来。”

“你好好想想。”

夏默离开史强与何诗宜，开始在这间只有50平方米左右的便利店里随意走动。他知道这家连锁便利店，他的楼下就有一家，那家店负责了他几乎全部的生活所需。夏默注意到，即使是同在千山的连锁便利店，两家所售卖的商品还是有很大的区别，这里除了更多的打折商品以外，还售卖很多五金工具。

夏默在其中一个货架的上层，看到了一排摆放整齐的除烟喷雾。

“我想起来了。”店员说。

夏默将视线重新落在店员身上，见他正低下头从一堆杂物中寻找，最后抽出来一张皱皱巴巴的海报，他指着海报上的男人问，“是不是他？”

那张海报上除了蔡星河满足的表情，还有货架上层的除烟喷雾，以及产品价格、购买方式。

“这不是解谜游戏，”史强愤怒地说，“我是问你有没有见过他。”

“你的意思是——”受惊吓的店员试探地说，“见过本人？”

史强克制着情绪点了点头，“见过本人。”

“我没有印象。”

夏默再次走近他们，目光从店员转到史强的脸上，直直地盯着他。

“你怎么了？”史强没好气地问。

夏默没有回答，眼神向斜上方瞟了一下。

史强瞪了夏默一眼，没有理会。他从口袋里掏出一个牛皮纸封面的笔记本，翻了几页找到了自己记录的信息，“4月27号夜里一点，这个人曾在这里刷过信用卡。”史强对店员说。

“4月27号，那是星期几？”店员小声地问自己，并在头脑中迅速地盘算着，忽然抬起头，“那天值夜班的不是我。”

“那是谁？”

夏默的目光继续盯在史强的脸上，“干什么？”史强问，夏默再次对斜上方瞟了两下，何诗宜捂着嘴发出笑声。

史强顺着夏默的眼神看去，监控器的镜头与史强目光相接。

走进来的另一名店员脸上还带着倦意，他是一个看起来只有十几岁的少年，因为昨晚值夜班，在接到电话时依然在睡梦中。他的身材消瘦，头发蓬乱，看起来像是放在田野的稻草人。他穿着一件黑白相间的格子衬衫，裤脚磨损的牛仔裤，以及一双没有牌子的黑色帆布鞋。

“那天值夜班的人是你吧？”史强指着被调取出来的监控画面问。

少年把眼镜凑近，夏默注意到他有严重的近视。尽管黑白画面只能看出收银台后面是一个穿着工作服的人，但是少年还是非常肯定地点了点头。

“是我，我在值夜班。”

接着，画面中出现一个包裹严实的身影，这个人在固定的监控画面中进进出出，在本就画质粗糙的画面中如同一团黑色的噪点。这个人的动作很慢，时间很长，让屏幕后面的史强忍不住连打了两个哈欠，过了很久，这人才终于出现在收银台前。

画面中，收银台后面的店员似乎在跟他说话。

“我当时是问他还需不需要别的东西，”看着画面的少年说，“这是我们的标准问话。”

黑色的噪点拿起放在桌上迷你货架上的口香糖，但是并没有立刻交给店员。

“他在做什么？”夏默看着黑衣人的动作问。

“好像是在看表。”何诗宜说。

画面就这样静止下来，如果不是右上角显示时间的数字仍在走动，这看起来就像是由于播放故障而卡在那里。

过了一会儿，黑衣人终于有所动作，他将手上的口香糖与一张卡片递给店员。“就是这张信用卡。”少年说，画面中的店员对着机器操作了几下后，将卡片递回给黑衣人。

黑衣人提起塑料袋，转过身，这是他第一次在画面中露出正脸。

这张被遮盖得严严实实的脸在监控画面中停留了两秒钟，随即彻底消失。

“妈的！”史强狠狠地拍了下桌子。

“你再回想一下，”何诗宜将蔡星河的照片重新递给少年，“那天晚上的人是不是他？”

“你也看到了，他把自己裹成那样，谁能看得出来？”

“那你知道他出去以后往哪个方向走了吗？”何诗宜追问，“是开车还是步行？”

少年摇了摇头，“这里到了晚上，一点灯光都没有，人只要出去了，就和消失了差不多。”

消失。

夏默盯着定格在监控画面中的眼睛，隔着时空的距离与这个他要寻找的人对视。这个幽灵，夏默想。

2

刑侦队的会议室里关着灯，投影仪上的画面是监控视频与蔡星河本人照片的对比。这里对于夏默来说，总是比案发现场更压抑。

夏默照例站在属于他的局外人的角落里，照例听着那些他已经知道的信息。

史强正在描述蔡星河的个人信息，并尽量在描述的过程中，将追查到蔡星河的主要原因，归于自己对那张信用卡消费记录的调取上，三言两语中省略掉了夏默在广告公司的走访以及何诗宜的那通电话。

夏默并不在乎，但有点替何诗宜不值，这本来是她很好的一次表现机会。

“虽然我们没有在案发现场发现受害人周晚晴的手机，”史强站在会议室前面说，“但我还是去电信公司调取了她的通话记录，”史强特地在“我”字上加了重音，“除了周晚晴的未婚夫、父母和同事之外，没有其他可疑的号码。”

他在为转折做铺垫，夏默心里想，这个人喜欢戏剧性的场面。

“但是，”史强笑着说，“我后来又调取了周晚晴的短信记录，发现在案发当晚，周晚晴曾收到一条短信，内容是约周晚晴见一面。”

“是蔡星河发的短信吗？”副队长韩林生问。

“不能确定，这个号码查不到机主信息，是一张黑卡。”

一张黑卡，夏默思索着。

“目前掌握的信息就是这么多，”史强做最后总结，“我认为失踪的蔡星河，是最大的嫌疑人。”

会议室的灯打开了，夏默还是不能适应这种突然的光亮。

老韩站起来，开始布置搜索蔡星河的方案。他在蔡星河家的左岸花园、星河化工，以及那家24小时便利店安排了三组小队。他特别强调在留下蔡星河最后痕迹的便利店附近展开地毯式搜索。

“还有一件非常重要的事，”会议结束之前，老韩扫视了一圈，他目光锐利，表情坚定地说，“任何人都不许惊动媒体，不能走漏案件的任何信息。”

比如抢着去接受电视台采访，夏默在心里说。

等人群从会议室鱼贯而出以后，何诗宜来到夏默旁边。

“看来你的计划泡汤了。”

“我的计划？”夏默问。

“你忘记了吗？我们去蔡星河家里那次，你最后对他的妻子提出的请求。”

“哦，你说的是那个呀，”夏默想起来了，“为什么泡汤了？”

“韩队不是刚下了命令吗？”

“也对。”夏默耸耸肩。

他们在所有人离开后，最后走出会议室大门。夏默意识到何诗宜是故意等他到最后一起走的，她似乎知道夏默不喜欢走在人群中。

何诗宜问：“你觉得我们找到他的概率有多大？”

“比起这个，我更好奇找到他以后的事情。”

“以后的事情？”

“现在看来，蔡星河是个非常谨慎的人。”夏默边走边说，“如果我们假设他是两起谋杀案的凶手，他知道就算自己失踪了，家人也不敢报案，也知道如何避免在犯罪现场留下痕迹，知道使用一张搜查不到的黑卡，”夏默与何诗宜走下最后一层楼梯，“那他为什么会蠢到用信用卡消费呢？”

3

沈凝走出台长办公室，脸上挂着笑容。

这不是她第一次受到表扬，但是这次表扬的时机明显意义重大。

她的高跟鞋在电视台的通道里发出象征权力的回声，路过一个写着“副台长”三个字的办公室门口，沈凝驻足停留了一会儿，那里面的椅子还空着。

下一次的业绩考核就要开始了，那将会决定谁能坐在门后的那张椅子上。

沈凝的业务能力让同级别的同事望尘莫及，是这张椅子最有力的竞争者。但是最近有一个人让她头疼，隔壁组被同事称作“小花”的许曼琪最近势头正猛，制作的几个节目屡获好评。沈凝时常听到有人评价说，小花的节目带着强烈的个人特点，而那个特点被他们总结为：清新、优雅、知性。

三个贱人的同义词。沈凝心里想。

而更多背后的议论则是，小花将取代沈凝坐上副台长的位置。

她绝不允许这件事发生。

沈凝需要更多的成绩来巩固自己的地位，清理晋升通道上的一切障碍，这次的摇滚纪录片只是一次热身。沈凝用非常低成本的方式，掀起了大众议论的热潮，把一支混迹地下的乐队推上了舆论的风口浪尖。刚才台长特地表扬的也是她这次别出心裁的策划，正面战场已经开打了，这一招先手下得还不错，沈凝心里知道，一切还远远不够。

她真正需要的是全民关注的话题，是爆炸性的新闻，是独家报道。

摇滚纪录片播出以后，她频繁收到那个叫作崔研一的女人打来的电话，沈凝视而不见。后来就是短信，内容无非是一些谩骂的词句，她说沈凝无耻，说沈凝利用了她和乐队，说沈凝靠剪辑歪曲观点，故意制造冲突话题。

说点我不知道的。沈凝只回复了这一句。

对于沈凝来说，那支乐队的主唱，那个身上带有香奈儿5号香水味的女人——他们的任务已经结束了。

路过前台的时候，沈凝对前台的姑娘投去一个微笑，这是她的习惯性动作，尽管她根本不会记得这个前台姑娘的长相，也许早就换人了也说不定。

前台姑娘拦住她，告诉她有一个人一直在等她。

“什么人？”沈凝心里思索，“我今天应该没有预约的访客。”

“我跟他说了，”前台姑娘怯生生地说，“但是他执意要等，而且说你一定会见他。”

“他叫什么名字？”

前台翻阅手里的登记名单，“夏默。”

“没听过这个人，”沈凝说，“告诉他我今天的日程排满了，让他回去吧。”

沈凝转身离开，高跟鞋再次发出有节奏的敲击。“他说，”前台姑娘的声音执着地从身后传来，“他会给你一个独家报道。”

沈凝端详着眼前这个男人，他的手里拿着一杯咖啡，高大的身材让会客室的椅子显得像儿童玩具。男人的脸上线条分明，眼神中却透出一丝疲惫。

沈凝抬起手臂，将落在肩膀的发梢向后撩了撩，这是她惯用的开场动作，特别当对面是一个男人的时候，这个动作很有用。

“我看过了你的摇滚纪录片，很有趣。”

“谢谢，很少有人会注意到片尾工作人员的名字。”

“我也不是那种人，”男人放下手中的咖啡，他目光中的疲惫感消失了，“但是这个纪录片很特别，因为它说的并不是真相。”

“如果你是来谴责我的，”沈凝故意做出一个看表的动作，“抱歉我没有时间。”

“我是来表达我的敬意的。”

“敬意？”

“没错，我看到的是一个充分利用资源，目标坚定，并且决不手软的人。”男人看着沈凝，“这样的人，通常不满足当下的现状。”

沈凝惊讶于男人的敏锐，但并没有从表情上表现出来，直觉告诉她，她遇到了一个无论是敌人还是朋友都十分麻烦的人。

“你到底要说什么？”

“我想让你做一件你擅长的事，”男人说，“拍一部纪录片。”

沈凝笑了起来，“显然你并不了解电视台的工作流程，做这样一个东西需要策划，立项，审核……”

男人挥手打断了她，“我不知道很多工作的流程，但我知道的是，几乎所有的工作都可以做流程上的省略，只要负责那件事的人想要这么做。”

“你凭什么认为我就想要这么做？”

“凭我的职业。”

“你的职业是？”

“一个观察者。”

夏默向沈凝说明了这部纪录片要拍摄的内容，沈凝听到一半便开始犯困，她真想抢过夏默面前的咖啡一口气喝下去。

“可以了，”沈凝打断他的描述，“如果你现在走，我还不会特别生气你浪费了我的时间。”

“我还没有说完。”

“你已经说完了，你说的就是，你要拍摄一部有关亲情、家庭与事业的温馨影片。对不起，我对这样的题材不感兴趣。我建议你去找找我们台里的许曼琪，”那个贱人，沈凝心想，“她很喜欢这样的类型。”

“这个片子只有你能拍。”

“可是我也能拒绝你。”

“你没有那么傻。”

“为什么？”

“你为什么会见我，忘记了吗？”夏默凑近了一点，沈凝感受到这个男人身上的强烈气场，是小女孩喜欢的类型，他说，“我说过会给你一个独家爆料。”

“我为什么要相信你？”

“因为我的职业。”

“一个观察者？”

“那只是我其中一个职业，我还有另一个职业。”

沈凝看着眼前这个人，她想起来了，事实上，从她走进会客室的那一刻，她就试图在脑中搜索与这个人有关的信息。媒体人会搜集很多信息，会见很多人，时间久了，这些混乱的信息也会对自己产生干扰，让她看到陌生人的时候总觉得在哪里见过，但是眼前这个人不一样，从一开始给她的感觉就尤为强烈。

“夏默。”沈凝记得前台的姑娘告诉过她面前这个人的名字。

嗜血者夏默。

那个侦破多起命案的警察，那个在舆论中至今仍没摆脱故意杀人嫌疑的前警察，那个在公众眼中消失很久的疯子。

沈凝记得她在网上看过夏默的照片，她对照着面前这个男人，开始拼凑自己的记忆。

“好吧，”沈凝说，“我把这当成是你的承诺。”

4

何诗宜一直都觉得自己是一个被动的人，从她被动地被送进孤儿院开始。

后来，何诗宜被动地接受捐助，被动地读书，被动地长大，被动地成了警察。最后在发生案件的时候，被动地前往现场。

这些想法是在何诗宜开车的路上冒出来的，她想起来，在她将夏默带进刑侦队协助调查的时候，韩队明确说过，夏默归她管，做任何事情都要向她请示。

她与夏默同时忘记了这个命令。接下来的时间里，她顺理成章地变成了夏默的跟班儿，又是被动。何诗宜向右转动方向盘，汽车驶入花河旁的公路，一名被动的在职刑警，被动地成了一个编外人士的跟班。

何诗宜不是没有安慰过自己，她曾告诉自己这是因为夏默有丰富的破案经验，而自己说到底还是个新手。但即使如此，不该连早餐都要吩咐她来买吧?

车内后视镜中，何诗宜扫了一眼后排座位上的十五个汉堡和十五杯咖啡。

汽车来到左岸花园，何诗宜有一种不好的预感。

抵达蔡星河家的房门前时，何诗宜终于知道这些早餐是买给谁的了。一辆小型中巴车停在了她上次停车的位置，车身写着“千山电视台媒体中心”。

何诗宜猛地摔了下车门，快步向蔡星河家敞开的房门冲过去。房间里架设着大大小小的摄影机，穿着统一制服的电视台工作人员仿佛根本没有看到她进来，她迈过地上错综复杂的线路，在最里面的一间屋子里看到了夏默的背影。

被动，何诗宜心想，永远的被动。

她狠狠地拍了拍夏默的肩膀。

“你在干什么？”何诗宜没好气地说。

夏默甚至没有回头看她，而是抬手做了一个安静的手势，何诗宜不敢相信自己真的安静下来了。

几秒钟以后，关于对自己过于被动的谴责再次从何诗宜的心中袭来，她对夏默喊道：“我在跟你说话呢，夏默！”

这是何诗宜第一次直呼他的名字，看起来挺有效果，因为夏默终于转过头来了。

“干吗呢？”说话的是一个女人的声音。

何诗宜抬起头，这才认真看了看眼前的场景。一台摄影机就在她的旁边，拍摄着她的前方，吊杆麦克悬在空中，将她刚刚的喊声一并收了进去。

何诗宜看到那个女人向她的方向走来，她想起自己在哪里见过这个女人了，那是前一段时间，韩队和史强第一次接受电视台采访，当时的记者就是面前这个人。

这是一个真正的女人，身材丰腴，不像她这样瘦小。脚上的高跟鞋让她本就挺拔的身材更显高挑，甚至高过了现场大多数男人，可能只有夏默站在旁边才不会显得尴尬。每天面对镜头的职业教会了她如何打理恰到好处的头发妆容，何诗宜觉得这个女人整洁、利落，充满了魅力。

所以当这个女人向她走来的时候，身为一名刑警的自己，竟然愣住了。

“怎么回事？”女人站在夏默旁边问了一句，她没有看何诗宜，“我这儿正录着呢。”

何诗宜也将目光从那个女人的身上移开，落在摄像机对面蔡星河的妻子身上，她正端坐在那具雍容华贵的沙发上，趁着间隙喝了一口英式红茶。

“抱歉。”夏默说，何诗宜很惊讶这个人竟然知道这个词的存在，“我们先出去。”

夏默不由分说地拉起何诗宜的手，把她带到了前面的庭院中。

“你有什么要解释的吗？”在庭院中，何诗宜终于能够放开声音说话了。

“我还想问你呢，你刚才是在干什么，那一段要重新录了。”

何诗宜注意到自己的手还被夏默拉着，狠狠地抽了回去。

“为什么电视台的人会在这儿？”

夏默露出不可思议的疑惑表情，“我以为你是知道的，我怎么记得跟你说过这件事，而且当时你还表示了赞同，你说我……”

“我说你难得有一个温情的时刻。”何诗宜说。

“好像是这样。”

“那是在韩队要求绝对不能通知媒体之前，”何诗宜补充，“然而现在不只是通知了媒体，一整个剧组都已经进来了。”

“原来你担心的是这个。”

何诗宜惊讶于夏默对这件事的迟缓反应，她觉得这个人在案件以外的事情上简直是个白痴。

“我得去阻止他们。”她意识到自己已经浪费了太多的时间。

何诗宜想要回到别墅里，却感受到刚刚放开不久的手又被夏默抓住，夏默的手粗糙有力，却很冰冷。

“我们走走吧。”夏默的语气里出现了罕见的温柔。

被动，何诗宜在心里提醒自己，不能继续这样被动。

“好吧。”她放弃了抵抗。

沿着寂静的树荫，何诗宜跟在夏默旁边，她的身高平行于夏默的肩膀，她不得不承认，站在这个人旁边的确让她获得了安全感。她很珍惜这种感觉，在她的人生中，得到安全感是比抓到杀人凶手更难的事情。

另一件让她获得安全感的事情是，夏默告诉她现在拍摄的内容并不会惊动刑侦队。

“这是我们正在追查的嫌疑人的家属，不会惊动刑侦队？”何诗宜说，“史强可不是傻子。”

“我对此持保留意见。”

何诗宜轻声笑了一下，“你就会跟史强较劲，其实他人很好。”

夏默的解释是，这部快速制作的纪录片，并不会涉及任何与案件有关的内容，并且他也没有对媒体透露过这个人正在被追查的事情，这部纪录片讲述的是一位企业家成功的事业与温馨的家庭。“就是那些电视里的陈词滥调。”夏默说。拍摄地不仅在这栋别墅中，还有蔡星河的公司、蔡星河大女儿的学校，每一个跟他有关的人都会出现在镜头前，说一些无论是真是假，但是听起来足够温暖和煽情的台词。

“你确定能做得到吗？我一直觉得蔡星河的老婆冷冰冰的。”

何诗宜把“像你一样”四个字吞了回去。

“我确定沈凝能够做到。”

“谁？”

何诗宜在问出这句话的同时，脑中就已经浮现出那个女人的脸，她觉得夏默和她似乎彼此了解。

“可是，你为什么一定要做这件事？”何诗宜希望自己看起来没有什么异常。

“我在传达一些信息。”

“传达信息？”

“没错，我不知道你有没有同样的感觉，至今为止我们一直都是被动的。”

你觉得呢，何诗宜心里想。

“我有一种非常强烈的感觉，”夏默接着说，“我们一直在被牵着鼻子走。”

“为什么？”

“在第一起命案几乎全部公布在媒体上以后，凶手不但没有藏匿起来，反而在极短的时间内，用同样的手法制造了第二起命案。”

“这说明了什么？”

何诗宜看着夏默再次露出那个讨厌的无奈表情，听到夏默接着说，“凶手知道那点线索根本就抓不到他，无论是伪造自杀，还是胃里的水合氯醛，这些都不能让我们真正地接近他，甚至——”夏默停下脚步，

“他就是想让我们发现这些。”

“他在挑衅警察？”

夏默摇了摇头，“我不知道他的目的，但我知道，现在游戏的主动权在他手里。如果这个人真的是蔡星河——虽然我并不能确定，我想通过这个纪录片与他对话。”

“你要告诉他什么？”

“我想告诉他，我进入了他的房子，进入了他女儿的学校，以及她们的生活，我能够在任何我愿意的时间里接触到她们，我让她们做什么，她们就乖乖地做什么，就像她们在镜头前那么听话。所以，我也可以在任何时刻，让她们不得安宁。”

“你这个怪物。”

“当然了，你也可以把这件事理解为一个前摄行动。”夏默并不理会何诗宜的评价，“一个向嫌疑人发出的温暖的劝诫，让他回来拥抱他所爱的家庭和事业。美国FBI很擅长做这种事，通过媒体攻破凶手的心理防线。”

“你觉得会有用吗？”

“我不知道，”夏默坦白道，“但我希望我们能拿回游戏的主动权。”

你是一个被动的人，何诗宜在心里对自己说，你最被动的表现就是，从来不会向旁边这个人一样，试图去改变你的被动。

5

“把门关上。”韩林生从椅子上转过头说。

何诗宜乖乖地关上门，双手交叉在身前。一旁的夏默则若无其事地坐在黑色的皮沙发上。韩林生的办公室里压抑又阴冷，何诗宜不知道这是不是自己的错觉。

挂在墙上的电视机里，画面正扫过一排排流水线上的工人。工人们穿着统一的灰色制服，戴着白色的手套口罩，特写镜头下，脸上洋溢出幸福的笑容，画面下方的字幕，写着星河化工的公司全称。

韩林生拿起桌上的遥控器，将电视音量调小，身子重重地靠了靠旋转椅的椅背，闭目养神，用一只手的食指和中指在太阳穴上轻轻揉动。

“你们当我这个副队长不存在是吧。”许久以后，韩林生终于打破了这间办公室里的沉默。他的声音很小，却依然清晰地传入了另外两个人的耳朵里。

“韩队，我……”

韩林生挥了挥手。

“我知道你们是怎么想的，”韩林生的视线扫过瘫坐在沙发上的夏默，“反正这个纪录片也没有涉及任何有关案情的内容，这样就不算泄漏了。”

没有人回答，也没有人否认。

“这是你们对蔡星河发出的信号，也是警告。”韩林生补充道。

“我对这件事情负责。”何诗宜希望自己的脸没有感觉到的那么红。她感到全身血液上涌，这句话从一进门开始就卡在她的喉咙里，现在终于吐出来了。

“我知道谁该对此负责，”韩林生说，“我知道这是谁的主意。”

夏默低着头看着自己脚上的皮靴，一缕头发从他的耳后滑落。电视里的画面转为一所小学，穿着校服的女孩正在走进教室，那是蔡星河一脸纯真的女儿。

韩林生的手里多了一份文件。薄薄的几张纸，在他的手上看起来却似无比沉重。韩林生将文件拍在桌面上。

“韩队，这是……”何诗宜欲言又止。

“上面的最后通牒，”韩林生说，“我的命运。”

空气骤然变得紧张。韩林生坐在椅子上发出重重的叹息。“三十天，”他揉着太阳穴说，“这两起案件的影响非常恶劣，上面要求三十天内必须破案。”

“这怎么可能……”何诗宜小声嘀咕了一下，她知道这样的文件意味着什么。

“我把所有能用的人都派出去了。”韩林生看了夏默一眼，“我知道这样说对你不太公平，但是我还是想问，我能相信你吗？”

夏默抬起头，看到韩林生落在自己身上的眼神，不像一个多年的刑警，不像刑侦队的副队长，而像一个慈祥的老人。

办公室外面响起了一阵敲门声。

“进。”

史强走了进来，在看到除了韩林生之外的另外两个人以后，他愣了一下，随即整理表情，用愤怒的口吻对韩林生说：“韩队，我刚刚看到了一个关于蔡星河的纪录片，”他扫了一眼旁边沙发上的夏默，嘴角浮起一丝不易察觉的轻蔑，“看起来是有人违反规定，擅自与媒体合作了。”

韩林生指了指墙上没有声音的电视画面。

“您已经知道了，”史强意识到另外两个人出现在这间办公室里的原因，“这是在公然违抗您的命令。”

“既然你也看到了，史强，那你就来说说，这个片子的播出给我们造成了什么影响？”韩林生说。

“好的。”史强挺了挺身子，他早已准备好了答案，“首先，这是一部关于蔡星河的纪录片，但是拍摄团队全程都没有见到过蔡星河本人，联想到找他们拍这部片子的人是来自刑侦队——或者是暂时为刑侦队工作的某个人的话，以那些记者的德行，很难不去深挖蔡星河背后的秘密，这就等于间接泄漏了我们目前的调查工作。”

“还有呢？”

“还有，在上次开会的时候，您明令禁止，所有人不能与媒体联系，我想当时这个屋子里的人应该都听到了吧。”史强看到夏默依然专注地看着自己的皮靴，从鼻腔里发出鄙夷的声音，“现在这么做是在公然挑衅您的权威，也给其他参与调查的同事带来了非常恶劣的影响。”

“什么影响？”

“就是……”史强语塞了，“就是对您……”

“我替你说吧，”韩林生说，“这会让其他人觉得，我这个副队长说的话没有用。”

史强没有说是，当然也没有说不是。

“那你会受到这个影响吗？”

“我……”史强显然没想到这个问题会落在自己头上，他犹豫了一下，又同时感到后悔，他知道自己不该犹豫这一下的，这会让他后面的任何回答都变得不再可信。

“这个纪录片，是我让他们俩拍的。”韩林生说。

“韩队……”何诗宜瞪大眼睛，她注意到韩林生的眼神告诉她不要说话。她又看了看旁边的夏默，那个家伙还在盯着沾着泥土的皮靴，没有任何反应。

“我不明白，韩队，”说话的是史强，“您不是说……”

“这个纪录片没有涉及任何与案情有关的内容，”韩林生说，“这只是我们对蔡星河发出的一次警告，而且，我很确定媒体绝不会继续去调查蔡星河。”

“可是他们……”

“行了，这里没你的事了。”

史强悻悻地离开韩林生的办公室，留下一团疑惑与愤怒的空气。办公室里安静了下来，无声的电视屏幕正在播放这部纪录片最后几分钟的内容。

“拍得还不错。”韩林生看着电视，第一次露出笑容，只是这笑容看起来有些疲惫，“亏你们想得出来。”

字幕走完，电视上又播放起广告，不知是故意还是巧合，此时电视上的广告正是蔡星河和他的除烟喷雾。

“我老了，”韩林生把视线留在电视上，对夏默与何诗宜说，“有些事情也应该放权给你们去做，但我还是那个问题，我能相信你，你们吗？”

“三十天对吧。”夏默终于说话了。

“三十天。”

熟悉的紧张感。夏默感到周身燃起一阵温暖，他以为自己已经忘了被人需要是什么感觉了。

“我需要你一个承诺，还是那句话，这对你可能不太公平。”

“我的目的不是公平，你也不是，我们的目的只有一个，就是把那个幽灵找出来。”夏默坚定地看了韩林生一眼，“所以，我给你我的承诺。”

“很好。”

在这一刻，夏默觉得自己与韩林生建立了某种“男人的契约”。在这个契约里，他们不必事无巨细，因为他们都知道赌注是什么。尊严，夏默想，警察的尊严。

“还有一件事，”韩林生说，“关于那个纪录片，我可以为你们承担全部责任，但我不希望媒体继续发酵这件事，更不要继续去调查蔡星河。”

“放心吧，早就安排好了。”夏默说。

“你怎么能确定？”

“还记得那个叫沈凝的记者吗？”

韩林生点了点头。

“我不只对你一个人有承诺。”夏默说。

6

“嗯……承诺是吧……”从韩林生的办公室出来以后，何诗宜就一路小跑地跟着夏默的脚步，“是……哪种承诺？”

“你很在意？”

夏默停下脚步，何诗宜来不及刹车，撞到了夏默身上，“我就是问问，”何诗宜在头脑中搜寻理由，最后选择了最普通的一个，“毕竟我们算是搭档嘛，而且你应该向我汇报的。”

“这个承诺不在我的汇报范围内。”

“这样啊。”

夏默的风衣口袋里发出声音，他拿出正在震动的手机。何诗宜踮起脚看了一眼，手机屏幕上显示着沈凝的名字。

“你给了承诺的女人。”何诗宜说。

夏默疑惑地看了看何诗宜，接起电话，“我正要打给你呢。”

“我正要打给你呢。”何诗宜用调皮的声调模仿着夏默。

夏默向旁边走了两步，拉开距离。何诗宜克制着自己跟上去的欲望，白了夏默的背影一眼。

“片子看了吗？”沈凝在电话里的声音和电视与生活中都不太一样。

“很不错，”夏默说，“是你的水准。”

“我可是用了好大的功夫，才跟台长解释为什么要做这样一部纪录片。”

“是吗？”

“你不太擅长说谢谢是吧。”

“好吧，谢谢。”

电话里是沈凝清脆的笑声，如果这个世界上有让男人甘愿做任何事的笑声，那大概就是夏默刚刚听到的。

“我不是要你的谢谢，感谢毫无用处，”沈凝恢复了她的职业态度，“我是要你记得你说过的话。”

“当然。”

“你觉得蔡星河是个什么样的人？”夏默问沈凝，虽然他心里早就有了自己的答案。

“我根本就没有见过他。”

“所以我才会问你。”

沈凝又笑了一声，夏默在心里抵抗了一下这个笑声的魅力。电话那边的沈凝似乎在思考，“是一个很体面的人。他在外面给人的印象，应该是一丝不苟，干净整洁，并且很注重细节的人。”

“和我想的差不多。”

“但是，”沈凝故意停滞了两秒钟，“这些都是他装出来的。”

“为什么？”夏默有一丝不祥的预感。

“你了解人吗？”沈凝反问。

“我是一个，”夏默改口，“曾是一个警察，我的工作之一就是看穿别人。”

“看穿，但并不了解，”沈凝似乎也看穿了夏默，“特别是，你并不了解女人。”

这句话让夏默心里有点难受。

“我在拍摄这部片子的过程中，也算是和蔡星河的妻子接触过了。要我说，蔡星河在外面表现出来的任何形象，都是这个女人亲手打造的。”

“说下去。”

“你还记得你让你的同事，那个刑侦队的姑娘给我们带早餐吧？可是我们根本就没看到。”

夏默当然记得，因为别墅区附近没有餐厅，他才在拍摄的当天打电话给何诗宜，让她开车为整个摄制组带早餐。然而因为何诗宜干扰了拍摄，夏默只能带着她离开，他们在别墅区里一路走一路解释，全然忘记了锁在车里的汉堡和咖啡。

“虽然蔡星河的妻子很不情愿，但是看整个摄制组都饿着肚子，还是让人准备了一些简单的食物，大家也都吃了，你猜最后怎么着？”

夏默已经想到了，只不过他一直都以为，这是蔡星河才会做出的行为。

“她在拍摄结束后，把所有人用过的餐具、客厅的地毯、接触过的沙发垫全部扔掉了，她甚至不打算清洗。”

“她认为清洗也没有用，非常严重的洁癖。”夏默说。

“不仅如此，我在和她私下的聊天中发现，这个女人根本没有想象中那么柔弱，她非常强势。”

“就像你一样。”

“我后来调查了一下，”沈凝似乎故意掠过夏默对她的评价，“蔡星河今天的事业，完全是建立在这个女人家族的势力下，无论是公司注资，还是生意伙伴，几乎全部来自这个女人的家族，只是没有对外明示，不过也算不上什么秘密。”

“你比我更像一个警察。”

“我只不过比你更对女人感兴趣。”

“谢谢你的信息。”

“你说谢谢的时候很别扭，下次可以不用勉强。”沈凝说，“这些信息对你有用吗？”

“当然。”

“好的方面还是坏的方面？”

夏默没有回答。

挂断电话以后，夏默回想起来第一次见到蔡星河妻子的画面。那个女人柔弱的表情，抱着的孩子，以及眼里的泪水，到底还是让他放松警惕了。他想起这个女人没有将蔡星河的失踪报警的原因，他猜对了答案，也猜错了答案。

如果沈凝的分析都是对的，那蔡星河妻子不报警的原因，依然是不想警察去查蔡星河公司的账目。只不过她担心的不是蔡星河，而是蔡星河背后——她的家族企业。

换句话说，比起让警察去寻找蔡星河的下落，也许让他永远失踪会更好。只不过夏默与何诗宜的突然到访，让一切走向了她的期待之外。

“想什么呢？”不知何时走近的何诗宜用力撞了夏默一下，“跟你的承诺聊完了？”

夏默不解地看着何诗宜，这个人今天怎么回事？他想起沈凝在电话里说的，你并不了解女人。

7

何诗宜觉得夏默这个人不可理喻的一个表现就是，他在做任何事情之前，从不会事先说明，这让她不得不像个不懂事的小孩一样，对大人的行为发出疑问。

比如现在。

夏默不由分说地走到何诗宜的办公桌前，“密码。”他说，在何诗宜来不及多想就本能地报出了自己的电脑密码后，他看到夏默正在网上搜索蔡星河的除烟喷雾广告。

“你看这个干什么？”

夏默没有回答，他的眼神放光，牢牢地抓着屏幕。

屏幕上的蔡星河，正在为身上的烟味困扰着，他坐在汽车上，汽车停在车库里。何诗宜已经看过很多次这个广告了，她知道下一个画面就是那瓶除烟喷雾的特写。

“我们在蔡星河的家里，有没有看过一个这样子的车库？”夏默这句话既像是在问何诗宜，也像是在问自己。

“反正我每次去都把车停在外面，不过……”

“不过那是一栋别墅，”夏默接过话，“那里有很多我们没有进去的地方，包括车库。”

“你的意思是……”

“你们猜我刚才看见了谁？”何诗宜的话被刚刚进来的一名刑警打断了，这个人的声音响亮，让人无法忽视。

“谁？”另一名刑警搭腔。

“一名回头客，”刚进来的刑警说，“我刚才去辖区派出所办事，看见了上次关在咱们这儿的那个人，那个仓库管理员，当时不都觉得他是凶杀案嫌疑人嘛，叫范……范什么来着。”

“范什么昌。”

“反正就是他。”

“他怎么又进去了？”

“据说是因为涉嫌盗窃，他管理那个夜总会的仓库，里面都是不便宜的洋酒，后来那夜总会就总被人投诉卖假酒，现在一查，说是他利用职务之便，把真酒和假酒给调包了。具体我也没问，这种事派出所就处理了，反正也到不了咱们这儿来。”

假酒，夏默听着旁边的谈话，脑中浮现出金沙夜总会酒柜上的苏格兰威士忌。

“他们怎么会怀疑到那个仓库管理员头上？”夏默问那个刚进来的刑警，“有什么证据吗？”

“我没有问那么多。”刑警诧异地看着夏默。

“告诉我那个派出所在哪儿。”

何诗宜拉上汽车手刹，和夏默两个人双双走进清平路派出所。派出所很小，夏默从范义昌的眼神中，看到他也认出了自己，因为那个眼神里除了诧异，还带着求助。

“如果偷酒的人不是你，”夏默随意拉过来一把椅子坐在范义昌对面说，“那他们为什么会怀疑到你头上？”

“怎么回事，这人是谁？”范义昌对面正在做笔录的民警喊道，何诗宜见状匆忙上前对民警解释。她知道比起让夏默以正常的流程办事，还是安抚面前的民警更容易些。

“还有，这一次不许跟我玩什么认罪的戏码，”夏默想起范义昌在刑侦队里歇斯底里的场景，“你应该已经知道后悔了。”

“我知道，”范义昌点头，“我没有偷那些酒，但是我的仓库钥匙在第一次发现假酒的那天就丢了，后来还是找的专人开锁，他们怀疑我与人串通，因为能进入那个仓库的钥匙，只在我身上才有。”

“你知道钥匙丢在哪儿了吗？”

“我有怀疑过一些地方，但没有找到。”

“你怀疑把它丢在了江雪的家里，所以你才回去案发现场。”

范义昌沉默地点了点头。

“我在江雪家的时候脱下过外套，可能就是那个时候掉的。”

“是你主动脱的外套吗？”

范义昌的脸红了。

“我知道了。”夏默站起来，他似乎已经说完了，这才发现对面一个穿着警服的人张着嘴看着他。

“有什么事吗？”夏默随口问了一句，却对答案根本不感兴趣，转身离开了派出所。

等到何诗宜打开车门后，夏默说，“走。”

“去哪里？”

“左岸花园。”

“又去？”何诗宜脑中浮现出蔡星河妻子的脸。

“去我们没去过的地方，”夏默说。

“那个车库？”

到达左岸花园门口，何诗宜意识到她已经不用再对保安出示证件了。他们驱车前行，驶过已经完全印在脑中的路线，按响了蔡星河家的门铃。

“你们怎么又来了？”门铃里女人的声音听起来沙哑疲惫，“我答应你们的事已经做完了。”

“我们想去看看车库。”夏默说。

“车库？”

“是的，”夏默回想起沈凝说过的画面，扔掉的餐具和地毯，补充道，“保证不会进入房间，不会弄脏任何东西。”

门铃里陷入一阵沉默，过了一会儿，门锁应声而开。

“走的时候把门关好，”女人说，“我要休息了。”

车库在房子的背面，如果不是屋主提前遥控开门，这扇门依然隐蔽在墙壁中间，这也是他们从来没有注意到的原因。里面阴暗潮湿，回响着他们的脚步声，夏默打开灯，看到能停下两辆汽车的空间里一片空旷，只有四面墙壁上的架子中摆放着一些常用的工具。

“我们要找什么？”何诗宜环顾四周，“这里连车都不见了。”

“找一包烟。”

“什么？”

夏默没有再回答，已经开始翻箱倒柜，声音在车库中回荡着，何诗宜无奈也跟着寻找起来。

“找那些可能藏东西的地方。”夏默说。

“藏东西……”何诗宜喃喃自语。她很熟悉这件事，当她在孤儿院的时候就很会藏东西。她把志愿者带来的零食藏在叠好的衣服中间，将她的那条项链——虽然后来还是丢了，藏在自己的床褥下。她还喜欢把东西藏在床底，藏在柜子的缝隙处……

“找到了，”何诗宜手上拿着一包万宝路香烟、一个一次性打火机、一包吃剩的口香糖和一瓶除烟喷雾，恍然大悟，“这就是……那个广告里出现的东西？”

“没错，”夏默说，“你觉不觉得这些东西有点熟悉？”

“他的信用卡，”何诗宜想到，“他在便利店里买的也是差不多的东西。”

“游戏的主动权依然在对方手里。”

夏默陷入沉思，何诗宜知道这个时候不能打扰他，于是在静默中等待着。

“监控视频，”夏默对自己说，“他看着手表的时间、留下的购物小票、一包口香糖、最后的眼神……”

“我知道蔡星河在哪儿了。”

“真的吗？”何诗宜惊喜地说，虽然她很想现在就问夏默是怎么知道的，但显然更重要的是前往现场。

“我们现在就过去，你给队里打个电话，告诉他们带上法医。”

“你的意思是？”何诗宜当然知道带上法医的意思，她只是习惯性地发出疑问。

“没错，蔡星河已经死了。”

这座墙体斑驳的写字楼建于1970年，也就是陈万里出生的那年。

写字楼灰暗的走廊与楼梯间里丢弃的物品，昭示着这里也曾经是个热闹的地方。这里原本是个服装批发中心，只接待经销商不接散客的那种。写字楼里的每一间办公室都被当作仓库，堆放着年轻人喜欢的印花T恤牛仔裤和假AJ鞋，堆放着中年妇女的碎花长裙、胸罩和大码内裤。门口用简陋的广告牌写着“潮流服饰”或者“韩版流行”等字样。这些衣物将随着到访的经销商用手推车带走后，以十倍的价格挂在商场的橱窗后面。

现在这里仍然能看到一些过去的影子，只不过那些衣物更多的是被扔在了地上，破损的广告牌横在走廊中间。据说这座写字楼就快要拆掉了，千山的服装批发商早已像蚁群一样搬去另一个更大的据点。这里看起来更像是一座鬼楼，到处是与人有关的东西，却看不到有人留下的痕迹。

夜晚，写字楼漆黑一片，如果不拿着望远镜仔细观察，你很难发现其中的一扇窗户后面还亮着微弱的光。

陈万里坐在电脑显示器的对面，他已经尽量调低了显示器的亮度，但仍觉得惨白的光线令他的双眼不适。屏幕上是一张大合影，一个成年的短发女人站在中间，她表情坚毅，面露笑容。围在成年女人两边的是七八个年幼的儿童，他们的眼神或紧张或空洞，身后的大门上挂着一块醒目的牌子，上面写着“简爱孤儿院”。

陈万里滑动鼠标，找到网页右上角的“爱心捐助”四个字，点击进去，页面缓慢地加载了一会儿，接着展开一个信息填写的表格，陈万里从来没有填写过这个表格，因为旁边还有另一个选项，他点击“匿名捐助”，大多数需要填写的个人信息都从页面上消失了，只留下一些免责声明。陈万里从来没有读过这篇冗长的声明，但他依然很清楚里面的内容是什么，毕竟从他读大学开始，一直在和类似的东西打交道。当你同意免责声明以后，页面会自动跳转到网上银行的转账页面，也就是现在出现在陈万里眼前的页面。

他的手停在鼠标上，显示器的光芒幽幽闪烁，是这座建于1970年的写字楼上唯一的光芒。

第六章

1

夏默直挺挺地站在监控器前面，像一棵树。

“这人在干吗？”史强不耐烦地问。

“我们先等等看。”何诗宜说。

何诗宜自己都没有想到，她竟然会如此理解夏默奇怪的举动，这也许意味着一种信任，或是依赖。史强疑惑地看了她一眼，似乎也注意到了这个女人最近的变化，他没有继续问下去。

他们安静地看着夏默，听着夏默嘴里的喃喃自语。

“他最后停在这里，给看监控的人发出了一个信号。”

“当一个推理游戏开始时，留下信号就意味着留下线索。”夏默拿起手上被封在证物袋里的购物小票，小票上还别着一个便利店专用的回形针。纸面上只检测出当晚值夜班的那位店员的指纹，“唯一留下的东西就是这个，他给我的线索只能在这上面。”

夏默回想着这家便利店的监控拍下的画面，回想那名黑衣人反常的举动。第一次是在看着手表，等待一个自己需要的时间。

小票上显示的时间是1点02分。

时间代表着很多东西，生命的流逝、不可逆转的衰老、让人沮丧的错过……但是夏默很清楚，这些都不是黑衣人留给他的信息，他留下的信息更确定也更具体。

时间还代表着什么？夏默看着便利店玻璃门外的一片荒漠。

“方向。”

何诗宜开着车，坐在副驾驶的夏默一言不发，后排是满脸无奈的史强和略显疲惫的法医。汽车一路向东行驶，那是便利店正门的一点钟方向。他们驶过碎石土路，颠簸前行，何诗宜不知道什么时候应该停下，但知道自己不用问。

黄沙弥漫在挡风玻璃前，一些若隐若现的灰色建筑出现在远方。何诗宜注意到夏默的身体语言，“那是什么？”夏默问，但没有等待答案，“我们过去。”

依然是一段不短的距离，车内的人终于看清了这片灰色建筑的全貌。那是一个废弃的工业园地，厂房还留着，但早已没有了人烟。何诗宜从敞开的大门开进去，鸣笛驱散了一些正在觅食的野狗。

副驾驶的夏默露出鹰一般的眼神，“慢一点，”同时敏锐地四处张望，“1点02分，”他自语道，“有了。”

几乎就在同时，何诗宜也看到了那个写着“01”两个数字的蓝色路标，路标上还有一个左转弯的箭头。何诗宜没用夏默叮嘱，根据路标的指示继续行进，开进了一片废旧铁丝网围起来的大片厂房中。

何诗宜知道这里不是他们的目的地，她要找的是另一块路标。

要找到2号厂区并不难，只不过在沿着“02”字样的路标驶过去以后，却看到一片更为密集的厂房，数量恐怕是1号厂区的几倍。面前是一扇扇关闭的门、破损的窗和写满脏话的墙。

“停车吧。”夏默说。

“我们现在要去哪里？”下车以后史强问。

夏默也想知道。

时间是第一个留下的信息，夏默继续回想着监控视频中的场景，如果我们没有搞错，接下来该想想他留下的第二个信息是什么了。

监控画面里，在确定手表上的时间以后，黑衣人递给收银员一包口香糖，然后将购物小票打印了出来。

“价格，他在凑齐小票上的价格。”夏默对何诗宜说。

“哦。”何诗宜被夏默有力的双臂晃动着。

夏默看着购物小票，上面写着30.2元。

空气中弥漫着腐烂的味道，头顶的阳光炽烈，在汽车无法驶入的厂房中间，夏默的步频看不出丝毫疲惫的迹象。他的步幅很大，其他人只能小跑着跟在后面。

302号车间的大门上，挂着一把老式的生锈大锁。

夏默弯下身子向锁眼看去，长久的日晒风蚀让这把锁变得更难打开。他将别在购物小票上的回形针取下来拉直，从锁眼中轻轻地探进去。

夏默开锁的水平一般，毕竟这不太像他的职业应该掌握的技能。他反复拨动试探着回形针在锁眼内的感觉。这种旧锁头应该很容易打开，他想。然而此刻这个生锈的东西依然紧锁着。

俯身的夏默注意到了头顶的目光。这个目光来自史强。史强似乎一直在盯着他看，让夏默介意的是，史强的目光和之前在便利店里他自己的目光很像。

“怎么了？”

史强没有说话，夏默将注意力继续放在那个岿然不动的旧锁上。

头顶的目光越来越灼热。

“到底怎么了？”夏默忍受不了又问了一遍。

史强笑了。夏默这才看到史强手里拿着一个L型的金属撬棍，看起来很有分量。

夏默明白了。他起身收起回形针，把位置让给史强。史强挥动金属棍，旧锁发出巨大的撞击声，只一下便应声落地。车间的门随即打开。

“这多简单。”史强说了一声，第一个走进去。

旁观者何诗宜的笑声告诉夏默，继便利店之后，他和史强打平了。

他看着史强扔在地上的金属棍，辨认出来那是一个旅行箱的拉杆。一般旅行箱的拉杆都很轻，但是这个明显沉重很多。

是高密度金属打造的拉杆。

车间里的气味并没有比外面好多少，或许更甚于外面，夏默熟悉这样的气味，在他人生的前面几年，他不止一次地嗅到过类似的气味，每次这个气味都告诉他，他来的时间恰好。只是这一次，这个气味却在说，你来得太晚了。

夏默看了看旁边随行的法医，那个年轻的女人露出一样的表情。

蔡星河坐在一把红色靠背的折叠椅上，他穿着广告里的那件西服，旁边的桌子上放着万宝路香烟、打火机、口香糖、已经发霉的全麦面包和剩下的半桶水。

他没有和进来的各位打招呼，显然他正忙着让自己的尸体继续腐烂。

2

何诗宜更喜欢枪与玫瑰酒吧没有演出的时候。

这种时候顾客不多，幽暗的光线下，这里终于难得有比外面更安静的时刻。何诗宜在吧台固定的座位找到了夏默，夏默和上次一样，盯着眼前的金色液体。

酒保递上来一杯玛格丽特。

“看起来你很喜欢这杯酒。”何诗宜对夏默说。

夏默注意到何诗宜的变化，她的头发再次散落下来，穿着更显女人味的露肩长裙，身上飘着若有似无的香水味，化妆的技巧也比上一次有所进步。

“教父。”夏默说。

"什么？"

"这种酒的名字，"夏默端起来，但并没有喝，"由苏格兰威士忌与杏仁香甜酒调制，我只喝这一种酒。"

"现在依然如此？"

"我在努力戒酒。"夏默放下杯子。

"那你为什么还来这里？"

"我只是喜欢看着它的感觉，"夏默反问，"你呢？你为什么来？"

何诗宜很想说出自己内心真实的想法，她来这里的理由就是眼前这个人，但是与之前的每一次一样，她再次把这些话吞进了肚子里，"我来向你表示感谢。"

"感谢什么？"

"感谢你帮助刑侦队找到蔡星河，"何诗宜补充了一句，"尽管只是一具尸体。"

"这是讽刺吗？"

"当然不是，"何诗宜有点慌乱，"你怎么会这么想？"

"帮助你们找到蔡星河的人并不是我。"夏默的表情缓和了下来。

"那是谁？"

"监控视频里的那个人，也就是杀死蔡星河的人。"夏默露出并不常见的沮丧表情，"我早就说过了，游戏的控制权并不在我手上。"

"可是他为什么要这么做？"

"这也是我想不通的地方。"

何诗宜第一次意识到，原来夏默也有想不通的地方，也有感受到对手强大的时刻。一直以来，夏默的冰冷与敏锐，让她忘记了每个人都有可能凝视深渊。

今天更早一些时候，当他们在那个车间里发现了蔡星河的尸体以后，夏默就露出了和现在一样的表情。法医在现场经过初步判断，认为蔡星河的死因是颅骨遭到重击，导致颅内出血与颅骨骨折，但从尸体的腐烂程度来看，已经很难准确地判断死亡时间了，也很难再从伤口处取得判断凶器特征的证据。

夏默认为这都是他的原因，是他在面对凶手清清楚楚留下的线索以后，依然由于自己的疏忽，没有更早找到蔡星河，让更多本可能浮出水面的真相，随着尸体一起腐烂了。

“江雪家里的现金，”夏默用低沉的声音说，“不是来自蔡星河的包养，而是她倒卖夜总会仓库里的酒自己赚来的，”他趴在吧台上，“那个仓库管理员只是她的一个工具，被她带到家里，从外套中偷走了仓库钥匙。”

“但是，我却被凶手留在江雪家的除烟喷雾给迷惑了，”夏默说，“凶手从那个时候开始，就控制着我去寻找蔡星河。”

“那周晚晴呢？”何诗宜喝下一口玛格丽特。酸的，她想，和上次一样。

“周晚晴策划了除烟喷雾的广告，那个广告的直接负责人就是蔡星河，这让我再一次天真地把注意力放在蔡星河身上，并且因为周晚晴同事对她的嫉妒，认为周晚晴得到那个机会是另一次财色交易的结果。然而事实是，周晚晴看似平庸的方案打动了蔡星河，因为广告里面就是蔡星河每天的生活，一个看似成功的男人，实际上是一个面对妻子以及妻子身后的家族时，懦弱、委屈、毫无话语权的如履薄冰生活的男人。”

“蔡星河唯一对周晚晴表示过感谢的证据，无非就是一瓶香奈儿5号香水，仅此而已。因为他的经济命脉，可支配的资金，比我们想象的少得多。”

夏默终于端起酒杯，在何诗宜的目光中一饮而尽。

“江雪、周晚晴，甚至是蔡星河的妻子，”夏默的声音开始被酒精干扰，“我对这些女人的判断是如此的幼稚和肤浅。”

“你还好吧？”

“我不了解女人。”夏默重复沈凝告诉他的话。

何诗宜轻轻地点了点头。

“三十天。”夏默说。

“什么？”

“我被人需要的时间，只剩最后三十天。”

何诗宜意识到夏默指的是他们破案的期限。事实上那早已不是三十天了，在上面给出期限以后，他们又用了四天的时间，找到了一具甚至不够新鲜的尸体。

“不，”何诗宜对着已经趴倒在吧台上的夏默说，“你被人需要的时间，比你想象的更久。”她用只有自己能听到的声音说，“至少对某个人来说是这样。”

夏默醉倒得很快，比何诗宜预期的还要快，这让她想起上次扛着这个魁梧的身体走出酒吧的场景，她不禁心里叫苦。

“你在哪里？”夏默仿佛在用最后的意识说话。

“我在这儿。”何诗宜一只手轻轻搭在夏默的肩膀上。

“你在哪里？”

夏默又问了一遍，这让何诗宜意识到夏默并不是在问她。

“你在说谁？”

“一个幽灵，”夏默说，“一个在暗处看着我的幽灵。”

“这里哪有……”何诗宜环顾酒吧四周，黑暗的空间，没有演出的空旷舞台，倒出来喝下去的酒，开了又关的门。她忽然意识到，自己竟然连夏默的醉话也当作指令在执行。

“你喝醉了，”何诗宜想要撑起夏默的身体，她努力了一下又放弃，试探着问，“你还能站起来吗？”

“一个幽灵。”

“是的，一个幽灵。”

“幽灵在看着我。”

“是的，在看着你。”何诗宜想起来孤儿院里阿姨学小孩说话的样子。

几分钟以后，夏默彻底地安静下来。

3

短发女人走进一间餐厅，她熟悉这间餐厅的一切。门口从去年就摆在那里的塑料圣诞树、每一个服务员的名字、靠窗的椅子上香烟烫过的痕迹……她每个月都要来这里一次，每个月都来见同一个人。

一名服务生对她笑了笑，端上两杯装在透明玻璃杯里的水，一杯放在她面前，一杯放在她的对面。

“她应该一会儿就到了吧。”服务生说。

“大概吧。”

与服务生的寒暄之际，短发女人看到了她等待的人，和一贯的印象不同，这一次对方看起来似乎有了些微妙的变化。

“你化妆了？”短发女人用不可思议的语气说。

“至于那么奇怪吗？”何诗宜不好意思地弄了弄头发。

“你从来不化妆的，这是怎么了？”短发女人露出敏锐的目光，“那个人是谁？”

“那个人？”何诗宜反问，“你在说什么？”

短发女人大笑起来，“你恋爱了。”

“别开玩笑了。”

食物陆续摆在两个人中间，这是她们在每个月仅有一次的见面时必点的东西，如此的习惯延续了很多年，谁也没有表现过异议，奇妙的默契经年累月地建立在何诗宜与她孤儿院时期最好的朋友中间。

“你看起来状态不错，”短发女人对何诗宜说，“很漂亮。”

何诗宜喜欢这句话，尽管她更希望这句话是从另一个人的嘴里说出来的。她羞涩地低下头，“别闹了，昨晚喝了酒，现在脸色很不好。”

何诗宜想起昨天将夏默送回家的艰难过程。如果不是夏默沉重的呼吸声，她真的怀疑这个人已经死了。她把夏默放进浴缸里，以防他在半夜自己爬进去。她注意到浴缸上面的天花板被凿开了，露出修理过的水管，那个老旧房子的任何一点变化，都在她的记忆里挥散不去。

她看到坐在对面的，和她在孤儿院里一起长大的最好的闺蜜，正在似笑非笑地看着她。何诗宜知道她在笑什么。

“我真的没有恋爱。”何诗宜说，“难道我就不能打扮一下自己吗？”

“好吧。”闺蜜说，但她显然并不相信何诗宜的解释。

何诗宜注意到闺蜜不想继续这个话题，对方看起来心事重重。尽管自己没有夏默一样敏锐的眼睛，但是作为一名刑警，她还是很快察觉到对面闺蜜凝重的表情。

“出什么事了吗？”

“什么都瞒不过你。”短发女人说。

闺蜜告诉何诗宜，自从她回到孤儿院工作之后，一切都很好，熟悉的环境，熟悉的生活，只是换了一种身份而已。但正是因为这样的熟悉，让她忘记了任何事情都有不确定的可能。

“就像这根薯条，”闺蜜拿起面前金黄色的薯条，那是她们公认的千山最好吃的薯条，“我们早就熟悉了这家餐厅和这里的食物，如果有一天店主告诉我们薯条不卖了，我们不会问为什么，而只会感到愤怒，因为长久以来，我们觉得一切都是理所应当的。”

“你指的是……”

“孤儿院的捐助。”闺蜜说，“在每年的4月13号，孤儿院都会收到一笔20万的捐款，已经持续了三年了，捐款人是匿名的，这笔钱虽然不算多，但却切实地解决了很多孩子的基本生活问题。我当然很感谢捐款的人，却也因为熟悉和习惯了在那个日期收到钱，而把它当作是理所当然。”

闺蜜吃掉了薯条。

“可是今年你没有收到捐款。”

闺蜜点点头，“已经过去很久了，我想这笔捐款应该是不会再来了，”她叹了口气，“这件事怪我，从来没有做过失去这笔钱的准备，导致现在孤儿院的财务已经捉襟见肘。”

“我还有些存款，虽然不多。”何诗宜说。

闺蜜摇了摇头，“我不是这个意思，而且我很清楚，你刚工作不久，你也需要钱。”

“总得让我做点什么吧，毕竟我也是从小在那里长大的。”

闺蜜想要再次拒绝，何诗宜却已经打开钱包，将工资卡放在桌面上，“我离开孤儿院很久了，其实我心里一直有愧疚，特别是每次面对你的时候。你有勇气回去那里，而我不行，我在那里得到了一切，却从没有过一次试图去报答。”

“你能成为一名警察，已经是报答了。”

何诗宜笑了笑，她感觉很舒服，不只因为见到了好朋友，还因为自己刚才的决定。

“每年4月13号收到捐款，”何诗宜盘算着时间，“那你今年在没有捐款的情况下坚持了有……”

何诗宜愣住了。

“你怎么了？”闺蜜问。

何诗宜觉得自己的头脑中负责案件的一部分正在变得成熟起来，跟在夏默身边的这些日子似乎收到了成效，“我打个电话。”她看着闺蜜茫然地点了点头，拿起手机。

“前辈，我想拜托你一件事，能不能查一查江雪账户的交易记录，最近三年的。”

“你突然要这个干什么？”史强问。

“帮帮忙。”何诗宜没有解释，或者不知道该怎么解释。

“我去一下吧，”史强没有追问，“江雪有好几个账户，这需要点时间。”

“谢谢前辈。”

她们继续吃饭，闺蜜知道自己不该过问何诗宜不愿说的内容，她的工作很敏感，就像她这个人一样。

她们听着餐厅里播放的迈尔斯·戴维斯的爵士乐专辑，一遍遍循环，从正午循环到日落。

电话响起时，何诗宜克制着自己激动的情绪，尽量平静地接起来。

“账单都打出来了，你要看什么？”

“4月13号，”何诗宜说，“看看有没有一笔20万元的转出记录。”

“4月13号，你开玩笑吧，”史强说，“那不是她死的第二天吗，转给阎王爷啊？”

“去年4月13号。”

“去年？”

“对，去年、前年，”何诗宜说，“还有大前年。”

“你等等。”

何诗宜听见电话里面传来翻阅纸张的声音，她很紧张，与电话里的声音一同传来的，还有自己的心跳声。

短短几分钟的时间，比刚刚的一下午还要漫长。

“我看了。”电话里的史强发出声音。

“怎么样？”

“没有。”

何诗宜听到脑子里发出楼宇坍塌的声音，“没有？”

“没有，往前三年的4月13号，她的账户里都没有发生过交易。”

电话挂断，何诗宜像是刚刚经历了一场浩劫。

“你没事吧？”闺蜜关切地问。

何诗宜的目光聚拢在闺蜜的脸上。

“怎么……”

何诗宜仿佛抓到了一棵救命稻草，又在抓到的同时，责怪着自己刚才的愚蠢。

“你能查到那个捐款人的信息吗？”

“当然不行，”闺蜜连连摆手，“我说了是匿名捐款，一定要保护捐款人的隐私，这些可是写在了免责声明里的，有法律效力的。”

何诗宜的脑中，忽然响起第一次去蔡星河家里时的情景，当时夏默要闯进门，而何诗宜坚决要搜查证才可以。“你可真是个守规矩的好警察啊”，当时的夏默对她说。

“如果，我一定要你这么做呢？”何诗宜用锐利的目光看着对面的闺蜜，“既是以朋友的身份，又是以警察的身份。”

“警察的身份？”闺蜜似乎在确认何诗宜的话。

“没错，”何诗宜说，“一个不那么守规矩的，警察的身份。”

4

夏默觉得，自己到目前为止还是一个守规矩的人。

当他在浴缸中醒来以后，他无论如何都想不起来自己是怎么到家的。伴随着清醒的意识一同找上门的，还有延续到现在的偏头痛。偏头痛是夏默最不喜欢的感觉，不是因为痛感，而是因为这阻碍了他正常的思考，如今案件陷入了僵局，期限在一点点逼近。夏默急需自己的思考能力回归，在与那个幽灵的竞速赛跑中，夏默已经被甩开太远。

夏默之所以还认为自己是一个守规矩的人，是因为他做的所有的事情，都与刑侦队的那个姑娘在一起，他找不到自己必须这么做的原因。后来他给自己找到的理由是，与那个姑娘同时行动，代表着一种合法性。

这不是足够说服人的理由，但是勉强能用。

但是此刻，当夏默站在千山火车站的候车站台时，他没有告诉那个姑娘自己接下来的行动计划。不是因为接下来他要做的事不合法，而是他自己也找不到做这些事的理由。

连一个勉强能用的理由都没有。

列车进站了。

一直以来的经验告诉夏默——尽管他现在也不完全相信自己的经验了，当一个系列杀人案发生以后，只会走向两个结果：第一，凶手被绳之以法；第二，继续发生下去。

但是现在，这两个结果似乎都没有出现，没有新的报案，没有新的悬挂起来的尸体，没有新的嫌疑人。什么都没有。

通常凶手停止作案也有两个可能：第一，凶手因为一些其他的问题被拘留或判刑，只是还没有人知道他还是个连环杀手；第二，凶手正在寻找新的被害人。

夏默更愿意相信第二种，这既符合他对凶手的判断：一个体面有序、让人失去戒备并且几乎不会犯错的人，他也在心里希望自己面对的就是这样一个对手。同时也让夏默接下来要做的事情，多少还能够有些价值。

既然凶手在寻找新的被害人，并且这个时间如此漫长，也就是说凶手对于被害人的选择有一个苛刻的标准。他不是激情杀人，也不像大多数的连环杀手一样，以一两个简单的条件筛选出大量符合要求的潜在目标。目前来看，那两个死去的姑娘没有任何相同点，彼此也并不相识。但是夏默已经厌倦了只从表面上去寻找线索，他之前那些愚蠢的判断，都是因为如此。

蔡星河是个例外，无论从作案手法还是现场环境来看，都与前面两个女人的案子完全不同。他之所以能够被联系起来，是因为夏默就像一个电子游戏里的人物一样，被操纵按钮的凶手带去了蔡星河的面前。然而这却给了夏默另一个启示，如果这是一场电子游戏的话，夏默需要找到的，就是游戏的设计者，游戏的源代码。

列车正在开往游戏的出发点。

两个小时以后，夏默到达上川镇。他从站台出来，沿着一条水泥砌的楼梯拾级而下，再穿过不足百米的幽暗通道走出站台。这里依然是千山管辖的地方，这里大多数的年轻人都在千山工作，江雪显然也是其中之一。

夏默伸手拦下一辆出租车，对司机说了一个地址，这个地址是他从金沙夜总会的店长那里得到的，他之所以没有问刑侦队的原因，是因为他自己也无法解释此行的目的。显然在三年前，这个地址就没有人居住了。

出租车在一条无人的石路中间停下来，司机指着右边的一条斜坡，示意接下来的路只能下车步行，夏默付了车费，把零钱留给司机，沿着斜坡向上走。坡路两边种植着不太茂盛的灌木，破败的平房比邻而建，偶尔能看到站在门口晾晒床褥和等待死亡的老人，时断时续的狗吠声从前方传来。

爬坡消耗掉的体力和上川镇清新的空气缓解了夏默的偏头痛，他看着一个个斑驳的门牌，又走了十几分钟，停在其中一栋房子前。

这栋房子并没有什么不同，一样的破旧古老，铁门黑色漆皮已经脱落大半，取而代之的是深红色的锈斑，如同干掉的血迹。夏默用目光丈量了一下铁门的高度，对于他这个身高的人来说，他有更简单的方式进入房间。可当他正准备这么干的时候，发现石板路上一双凶狠的目光正在盯着他，一个身材佝偻的老头缓缓凑近，用中气十足的声音询问夏默的来历，并在夏默想要开口编造一个谎言之前，严厉地警告他这座房子里没有他要找的人。夏默以一个意味不明的点头作为回应，继续向小路的深处走去，他一边感受着老头从身后射来的目光，一边在心里抱怨这些房子的间距太小，让他必须走很远才能绕向后墙。夏默偷偷回了下头，身材佝偻的老头似乎放弃了对他的监视，走进了石板路对面的一家简陋的杂货铺中。

从后墙翻入，夏默掉进一片疯长的草丛中，身边是一些随意丢弃的废旧木门板。夏默看到杂草已经长到了房屋的后窗上，他小心避开脚下门板上的钉子来到窗前，这种窗户很容易打开，特别是在里面没有人的情况下，只需要打破就可以了，但夏默不打算这么做，这会显得他是个粗糙的人。他开始在意自己是否粗糙了，因为他的对手显然做事精致很多。

夏默从风衣口袋里掏出一张信用卡大小的卡片，夏默没有信用卡，这是金沙夜总会的会员卡，是他在询问这个地址的时候顺便带走的，他将卡片塞入两扇窗户的缝隙中，手指用力向上拨，感受着金属摩擦的阻力，窗锁应声打开，使用这种简陋的窗锁是老式平房的特征之一。夏默翻进去，闻到了木头腐朽的味道。

5

房子里的一切，都在昭示着一个已经远去的年代。镶嵌着穿衣镜的深褐色衣柜，配有矮凳的梳妆台，没有洗衣机，没有空调，甚至没有电视，只有一个镶着四个黑色旋钮，像是间谍片里的监听设备一样的巨大的古董收音机。

夏默冒出的第一个想法竟然是想测试一下这个收音机是否还能工作，又想起来这座房子里早就没有电了。他很喜欢这个收音机的设计，就像他本人一样老派。他意识到现在很多高科技的电子设备也在复刻这样的造型。

床头上面的相框被取走了，留下比四周更白的墙面。写字台放在床的旁边，上面放着一个可以翻转的圆形镜子，对于一个独居的老人来说，这屋子里的镜子显然太多了。

夏默打开写字台的第一个抽屉，里面是一个螺丝刀和几颗不知道从哪里拆下来的螺丝；接着是第二个，空的。他用力打开最后一个，总算是有了点新的发现，里面放着一张献血证。夏默打开，看到上面写着血量、血型与其他的一些信息。证件里掉出来一张表面泛黄的一寸照片，夏默笃定地相信这张照片就是献血证上写着的那个人，因为这个人让他感到熟悉，虽然不能说和死去的江雪长得很像，但这种熟悉依然带给他深刻的认同与亲切，他终于见到了这座房子的主人年轻时的容颜。照片中的女人戴着一条金色的项链，项链上挂着一个祖母绿的水滴形吊坠，她正笑着看着夏默。

这样的容颜，当然会有一个美丽的女儿。

夏默把献血证放了回去，在关上抽屉门以后，一些奇怪的感觉困扰着他。他凭直觉再次用力抽开刚刚才推回去的抽屉，他果然没有看错，献血证下面的抽屉木头上，写着一串浅浅的数字，就像宿舍里睡在下铺的学生，写在上铺床板上的数字一样。

直觉，偏头痛消失以后，回归的直觉。

这是一个手机号码，夏默用手机微弱的屏幕光亮仔细辨认着，并同时将这串数字刻在脑子里。号码的最后一位已经随着抽屉里的霉味消失了，当然这并不算什么真正的问题，从0到9全部试下来也不过几分钟的时间，真正的问题是，该怎么知道哪一个是对的？

夏默决定再次依靠自己的直觉，在他还是警察的那段日子里，他训练自己观察公共场所的陌生人，推测他们的职业、家庭成员和兴趣爱好，接着拿出自己的警察证上前盘问验证结果。随着准确率越来越高，他开始将这样的能力用在侦查中，至少过滤掉一些看起来根本不可能犯罪的人。现在夏默想再试一试自己的能力是否还在，只不过这一次没有人站在对面给他看，只有手机听筒里甚至有点失真的声音。

他拿出手机。从零开始，就像他正在追踪的案子。

第一个号码是空号，这是个不错的结果，至少省掉一个需要思考的对象。

所有拨通的电话里，夏默伪装的都是同一个身份——快递员。他谎称对方的快递到了，要对方亲自到门口签收，在对方表示疑虑以后，他则顺理成章地与对方再次确认地址，当然有的人会直接粗暴地挂断电话，而大多数人还是毫无警惕地报上了自己的居住地。夏默收集到的地址分别来自一家科技公司、一个普通的住宅小区、一个旧货市场以及一个面临拆迁的写字楼。接着就是最重要的了，夏默需要在对方失去耐心之前，确认收件人的姓名。他报上的姓名来自刚刚看到的那张无偿献血证，他仔细聆听对方的反应，连呼吸声都不能放过，一切都结束以后，范围被缩到了最小。

夏默想从前门离开，忽然想到对面杂货铺的老头，于是再次翻窗而出，拿出卡片以同样的方式锁好窗户，小心避开脚下门板上的钉子，越过低矮的后墙，原路绕回了房子正面的石板路。

走到杂货铺门口的时候，夏默看到老头的眼神从窗户里望出来，他们四目相接，夏默愣了一下，停住脚步。老头开门出来，眼神里充满了质问与警惕。

“你到底是干什么的？从哪儿来？”

“我看起来不像是这个镇上的人吗？”

老头依然凶狠地盯着他，夏默知道自己问了一句废话。

“看来我得说实话了，”夏默耸了耸肩，“我是江雪的男朋友。”

夏默注意着老头眼神的变化，问老头，“你知道江雪是谁吗？”

老头的眼神彻底柔软下来，轻轻点了点头，“我知道，”他指了指夏默刚刚溜出来的那座房子，“那家人的女儿。”

“小伙子我问你，”老头的语气也随之缓和了很多，“他们都说那姑娘是让人给害死的，是不是真的？”

“很多事情我也不知道，”夏默说，“江雪甚至都没跟我说过她妈妈的事。”

老头叹了口气，夏默等待着。

“娘儿俩感情不好，那姑娘不认她，说自己没有这个妈，这么多年就没回来过，都是老太太一个人过，就三年前葬礼的时候回来了一趟，跟着简单操办了一下，当天就走了。”

“江雪为什么不认她？”

“这我哪儿知道，”老头的眼神又变得警惕起来，“我就是一个外人。”

夏默点点头，转身离开。

“小伙子！”老头在身后叫他。

夏默回头。

“那个杀人犯，”老头喊，“能抓到吧？”

夏默自己也不知道。

“放心吧，哪有警察抓不到的人。”

6

厨房的玻璃门轰然碎裂，伴随着女人的尖叫声落下一地残渣，随后几滴深红色的血液滴落下来，周永山看着对面的妻子蹲在地上，双手紧紧捂着耳朵，露出惊恐的表情，他没有继续发火，而是看了看右手皮肉翻飞的伤口，龇着牙从里面捡出两片碎玻璃，用斥责的语气对妻子喊道，“绷带！”

妻子缓慢地站起身，防备地看着周永山，双脚向另一个房间挪动，“快点！”周永山又喊了一声，妻子加快脚步，他听到药箱被颤抖的双手打开的声音，妻子递过来一卷没拆封的绷带。

周永山指了指右手的伤口，意义不言自明。妻子点点头，拆开绷带包装，轻轻扶起他受伤的右手，迟疑了一下，她抬起头，脸上仍挂着泪痕，“我先给你擦点药吧。”妻子试探着说，生怕再次点燃周永山的怒火。

周永山沉默了几秒钟，同意了。

妻子打开一瓶碘伏，用棉签小心地在伤口处擦拭。周永山忍住疼痛，看着眼前这个女人，心中的愤怒已经消失大半，但自尊的惯性和一场怒火消散后的余烟让他依然保持着沉默。女人披头散发，像是刚逃过一场浩劫——事实上也确实如此。她抽泣着，将绷带一圈圈缠绕在周永山血红色的右手上，周永山想警告她不要缠得太紧，但终究还是什么都没说，绷带最后在掌心处打了一个结。

周永山离开只剩半边的厨房玻璃门前，穿过自家客厅，走进较大的一间卧室，妻子知道他要做什么。她想阻止，又不敢上前，只得再次开始哭泣。

打开的衣柜里，周永山将妻子的内衣、裤袜和其他一些东西纷纷扔出来，用他依然可以自由活动的左手，一层抽屉扔完，就拉开下面一层抽屉，他的动静越来越大，他也知道妻子现在只敢躲在厨房里。

没有钱，每一层都没有钱，一分钱都没有。他又开始翻妻子的大衣口袋，依然一无所获，失败再次燃起他的怒火，特别是在他不小心又撞了一下右手的伤口以后。他打算回厨房继续质问那个可怜的女人，一定还有钱藏在什么地方，他的时间不多了。

转身的瞬间，他看到妻子就站在身后，披头散发，双目无光，像是她被吊死的女儿。

周永山的第一个感觉是，庆幸自己没有因为惊吓而叫出来，他必须表现出来一副无所畏惧的样子，但他不得不在心里承认，妻子现在的模样让他害怕。

“我最后问你一遍，钱呢？”

妻子的双手背在身后，用冰冷的声音回答他，“我跟你说过了，真的没有钱了。”

“你他妈撒谎！”

妻子没有回应。

空气中的沉默让周永山陷入了窘境，他意识到自己的气力正在泄掉，一种奇怪的恐惧正在注射进他的血液，进无可进，退无可退。这时候周永山的视线落在妻子放在背后的手臂上，那不是一个正常的姿势，更猛烈的恐惧正在进入，他用最后的力量让自己尽可能地保持威严，“妈的！”他骂了一声，绕过妻子向门口走去。

“等一等。”

妻子冰冷的声音从背后传来，周永山心里一惊，他正站在门口弯腰换鞋，转身抬起头，再次撞上妻子空洞的目光和背在身后的双手，他预感到一些事情将要发生。

“你还有什么事？”周永山的声音已经有点颤抖了。

妻子没有回答他，他看见妻子的一只手缓缓地在身后移动着，几秒钟的时间，他却感到尤其漫长。周永山利用这几秒钟的时间，在头脑中迅速计算着妻子与自己的力量差距，受伤的右手带来的影响，以及面对利器时躲避的姿势。

“这个给你。”妻子说。

周永山松了一口气。

妻子递过来几张现金，目测不到一千块，“我身上就这么多了，省着点用，最好先去医院看看伤口。”

周永山一把夺过钱，勇气再次回归他的身体，同时回归的还有之前惹他发火，让他打碎厨房玻璃的话题，“我最后再问你一遍，那个房子到底卖不卖？”

“卖，”妻子妥协了，“我明天就去找中介。”

周永山从鼻子里发出一声胜利的号角，转身开门离开。

重重的关门声回荡着，门后的妻子依然披头散发地站在原地，被周永山拿走现金的那只手放在身前，她的另一只手依然背在身后，现在那只手缓缓垂落，几个小时前她用来做饭的短柄尖刀从手心掉落下来。

周永山没有听见门后利器掉落的声音，他的注意力停在外面楼梯间坐着的一个身影上。他吓了一跳，正要破口大骂，却在同时意识到自己与对面这个男人的力量差距，尽管对方只是坐着，但依然看得出身材高大，这让他刚有的勇气再次消散殆尽，他瞪了男人一眼，头也不回地下了楼。

他在回想那个男人的样子。刚刚的时间太短，楼梯间的灯光昏暗，这让他并没有完全看清男人的相貌，他只是隐约觉得自己在哪里见过这个男人，这种熟悉的感觉让他惊慌。那个男人穿着长款风衣和一双沾着泥土的皮靴，虽然看不清五官，但依然可以确定他的头发蓬乱，发梢微卷，散发着阴郁的气息。

周永山决定不再回想，更重要的事情在召唤他。

走进那个没有保安值守的小区里，周永山爬上五楼，在一扇门前调整呼吸，接着用一个特定的节奏敲门，先两声再三声再两声，这是第一个暗号。

“谁？”门后传来一个浑浊的声音。

“你订的外卖到了。”周永山说。

“你送的是什么？”

“一份12寸的比萨、一份意大利面，还有两罐无糖可乐。”

这是第二个暗号。

门开了。

屋内乌烟瘴气，周永山听到麻将撞击的声音，纸牌落在桌面的声音，以及点钞机工作的声音，这些声音彻底驱走了他的不安。

唯一的问题是，他身上只有不足一千块钱，这注定是一个无法尽兴的夜晚。

他需要将那栋房子赶快卖掉。

7

与闺蜜通过电话以后，何诗宜又开始质疑自己的判断。

她得到的是一些勉强可以称为线索的点，而将这些点连成线的，更是自己毫无理由的猜测，但就是这样的猜测困扰着她，让她觉得自己是不是也有那种只能存在于夏默那种人身上的“警察的直觉”。

直觉是很不可靠的东西，在奇迹与嘲笑之间摇摆，特别是像她这样从没有依靠过直觉的人来说，这一刻更变得尤为艰难。所以何诗宜还是很谨慎地没有将信息通报给刑侦队，但她需要夏默的帮助，她觉得夏默应该会理解她，或者至少不会嘲笑她。

何诗宜坐在车里，拨通夏默的电话，电话在拨通的长音中响了很久，长音消失，何诗宜知道电话接通了，只是对方并没有说话。

何诗宜已经习惯了。

“你总是这样接了电话却不说话，就不怕有人偷了你的手机冒充你吗？”

“有道理。”何诗宜从声音中确认了对方是夏默。

“这就完了？”

“如果有人会偷走我的手机冒充我，你一定能分辨得出来。”夏默说。

何诗宜清脆的笑声传进手机话筒，在拨打这通电话之前的那种焦虑感一扫而空，她觉得夏默的这句话代表他们的距离更亲近了，她希望这并不是自己的错觉。

“你找我有什么事？”

何诗宜意识到自己要说正题了，切换回属于刑警的那个自己，她调整语气对着手机话筒说：“我接下来说的事情只是猜测。”

“我喜欢猜测。”

“我跟你讲过吧，我小的时候是在孤儿院长大的。”

“一定要从童年说起吗？”

“别打岔，”何诗宜整理语言，“而且我也跟你说过的，我在孤儿院最好的朋友，另外两个女孩中的一个，我们每个月都会在固定的餐厅见一次面。”

“也许说过，”夏默说，“但是我的记忆不清楚，你说的时候我是不是喝醉了？”

何诗宜想起第一次将夏默扛回家的恐怖经历。

她接着说，“前几天我和她见面，她提到了现在孤儿院的困难，一笔每年固定20万元的捐款停掉了，而捐款日期是每年的四月十三号，也就是江雪死亡的第二天。”

“说下去。”

“我不确定这笔捐款是否和江雪有关，但的确是在她死亡以后，这笔持续三年的捐款结束了。史强查了一下江雪的银行交易记录，并没有符合条件的转账，因为捐款人是匿名的，我的朋友因为保密原则从来没有擅自查询过捐款人的信息，但是——”

何诗宜顿了一下。

“但是你做了一点不合常规的事。”夏默说。

何诗宜笑了一声作为默认，“刚才我的朋友打电话给我，捐款人的信息查到了，”她的语气忽然变得沮丧，“可是并不是江雪。”

“也就是说，从一开始，这就是你一厢情愿的误会？”

“可能吧。”何诗宜说。

“那你为什么还要打电话给我？”

“我想听听你是怎么想的，我放不下。”

“你查过那个捐款人的姓名和地址了吗？”

何诗宜叹了口气，“查过了，对方叫陈万里，是个律师，独立经营一家‘万里律师事务所’。这个事务所很小，办公环境也很寒酸，在一栋即将拆迁的破写字楼里。那栋写字楼以前是个服装批发基地，现在已经荒废了，所以房租基本可以忽略不计。”

“看来这个陈万里生活得并不好。”

“简直不像是他这个行业应该有的状态。”

“所以你还是想要去见见这位落魄的律师？”

“既然查了，就去看看呗。”何诗宜沮丧地说。

“你给我打电话的意思是……”明显夏默在等待她的回答。

“我想你陪我一起去。”

何诗宜把她的诉求讲完了，直到这些话真正说出口以后，她才意识到自己的行为有多么愚蠢，她得到了什么呢？在大费周章，甚至冒着违纪的风险折腾了一番之后，她得到的是一个从任何角度去看，都与她的案子无关的人。

她等着夏默拒绝她，她想好了，在夏默拒绝以后，彻底忘记这件事。

“那你要多长时间能出发？”

何诗宜很激动，这一刻她确定了这才是她真正等待的回应。

“我就在车里，”何诗宜看着插在方向盘边上的钥匙，“我想想，两秒钟左右吧。”

“好吧，我们在律师事务所的楼下见。”

“你在哪里？”

“我吗？”夏默说，“我在律师事务所的楼下。”

下雨了。

夏默最讨厌的天气。

这场雨唤醒了夏默不该被唤醒的记忆。他脑中最清晰的雨声，来自于那个遥远的夜晚，水滴拍打在仓库的铁皮顶棚上发出的回响，当时他还有最后一点希望，这个希望就是——他的那幅画还没有完成。

他记得当时在那个阴暗潮湿的仓库里，散发出案发现场特殊的甜腻气味。

这样说也许不够客观，特别是夏默自己心里很清楚，他从来都不是一个好人。他从不忌讳自己对案发现场这种气味的着迷，这是他公开的秘密，他喜欢有案件发生，喜欢追逐，喜欢狩猎。

但是在那个时候，他很讨厌这个气味，也讨厌自己对这个气味敏感与准确的判断。这代表着这个破败的仓库大概会找到一个受伤害的人。他只能祈祷——虽然他不相信任何神的存在，他祈祷接下来遇到的那个人还能活着。

祈祷奏效了，他听到了一阵痛苦的呻吟声。

声音来自黑暗中的一个角落。他迅速向声音靠近，他没有时间去寻找仓库的电灯开关，也不需要这样做，在黑暗中自由行动是他的动物天性。那个声音时断时续，但已经足够为他指引方向，他加快步伐，皮靴在水泥地上发出沉重的叹息。

忽然，脚下的声音变了，他觉得自己踩到了什么，虽然看不清楚，但他仍能确定那是自己不想知道的东西，皮靴落在地面的鲜血上，这打开了他头脑中的倒计时开关。

他在一个集装箱的后面找到了她。

他的女友倒在血泊中，衣服已经被染透，夏默抚摸着她的脸，抚摸到了微弱的气息。

“夏默……”这已经是她最大的力气。

“是我，我在这里，不要怕。”

“那个人从后门跑了，我看不清他的脸，但是他穿着一件风衣，身高在……”

夏默知道她在做什么，她希望自己在失去意识之前，为他留下更多的信息。她是一名刑警的女友，她已经学会了去做对破案最有利的事情。

或者说，对他最有利的事情。

“不要说话，”夏默阻止她，“保持清醒，我现在叫救护车。”

夏默打开手机，屏幕上显示着“无服务”。

去他妈的。

“夏默，我就要死了。”

“你不会死的。”

在手机屏幕微弱的光线中，夏默看到她的脸上浮起一丝虚弱的笑容，“你撒谎。”

夏默无言以对。

“我的那幅画，还没有画完吧。”

“我们回去接着画，”夏默几乎要哭了出来，“我们回去接着画。”

“带着它，带着没画完的那幅画，无论你在哪儿，不要忘记我的样子。”

夏默知道她在告别。

“答应我。”她说，她用尽了最后的力气。

“我答应你。”

阴暗的仓库角落里，发出了一阵野兽般的哀号，那是一个男人所有的生命与灵魂交缠在一起，在最后脱离身体的声音。

第七章

1

夏默沉浸在雨天的思绪中，他感谢何诗宜打断了他痛苦的记忆。何诗宜将车停在他面前，低着头小跑到夏默躲雨的地方。

“千山的雨就是这样，说下就下，说停就停。”

夏默觉得何诗宜像是在面对一个外地游客。他知道这样不合格的开场白，意味着她在对一些问题做铺垫。

“你是怎么知道这个地方的？”何诗宜的问题来了。

“我给这位律师送过快递。”

“什么？”

何诗宜想要追问，夏默已经先她一步走上了写字楼破旧的楼梯。然而破旧也不足以形容这个楼梯，它甚至有一些恐怖，衣物随处丢弃在台阶和扶手上，墙上涂着乱七八糟的字迹，像极了恐怖电影中的场景。夏默回头看了何诗宜一眼，看到她的眼里写着相同的感觉。

“这是什么鬼地方？”何诗宜说。

“一个慈善家的避难所。”夏默回答。

律师事务所的门口并没有明显的标示，它看起来就和这里其他人去屋空的房间一样，办公用品被随意扔在地上，一个空的文件柜横在中间，放眼看去一片狼藉。

“我们又来晚了一步。”何诗宜说。

夏默没有说话，他在环视整个房间。墙上写着“鹏程万里”四个字的装裱书法仍然毫无破损地挂在那里，办公桌上的电脑和鼠标虽然丢做一团，但是这些东西本该被一起带走，倒塌的文件柜是空的，另一个更小一点的抽屉柜却完好地放在地上，夏默拉了拉抽屉，不出所料还上着锁。他用手指擦过办公桌，指尖并没有太多灰尘。

乱中有序，夏默看着眼前的一切，这个人还在这里。

夏默在思考陈万里逃走的原因，想来想去只有一个理由，就是他曾经打给陈万里的那通“快递电话”，但是从这里的痕迹来看，陈万里虽然提前布置过人去屋空的假象，但是他在一段时间之前应该还在这里，他并不是真正想逃，又或者无处可去，重点是，他怎么知道他们的到来？

夏默只能想到一个理由，这样很好，省掉了很多思考和选择的时间。他走出事务所，何诗宜寸步不离地跟着，夏默意识到何诗宜已经习惯了不去打断他的行动，而是乖乖地等待结果。

他们回到那个适合拍恐怖片的楼梯间，夏默抬起头寻找着，视线从涂满乱七八糟文字的墙上一路上升，夏默验证了自己的猜测，黑暗的墙角上安装着一个隐蔽的摄像头。这个位置选得很好，夏默心里想，任何人走在这种恐怖的楼梯上，都不会有心情驻足抬头。

多年的刑侦经验让夏默熟悉大多数监控器的型号，这是一款同时带有音频录制功能的监控，选择这种监控的好处有两个：第一，他不用每时每刻盯着监控画面，而是通过楼梯间里发出的脚步声，就可以知道有人正在上楼；第二，夏默在楼梯间里与何诗宜说过话，他通过声音辨认出夏默就是电话里的那个人，所以在他们爬上最后三层楼之前，陈万里有充足的时间躲避起来。

只不过，时间是否充足永远都是相对的。说是充足，也只够陈万里暂离事务所，却不够他走得更远，唯一能够离开的一条路就是这个楼梯间，这代表着陈万里还在这座写字楼的某个房间里面。

那个房间应该也能接收到监控器的信号，用于确认他们已经离开。

夏默意识到他们两个人已经站在监控器下太久，这一切都尽收陈万里的眼中，他转头看着何诗宜，“警察证带了吗？”

“带了。”何诗宜说，虽然她穿了便装。

夏默接过何诗宜的警察证，举起来对着监控器的镜头，他的身高和臂长应该足够让陈万里在屏幕那头看清楚警察证上的文字。夏默对着监控器说：“我只给你十分钟的时间。”

“我们是警察，”夏默将证件还给何诗宜以后，接着对监控器说，“但我暂时还不希望这是一次来自刑侦队的拜访。我们现在会回你的办公室，十分钟以后，可能会发生两件事：第一件，你出现在我们面前，我们心平气和地谈一谈，再心平气和地离开；第二件，我们没有见到你，并因此耗尽了耐心，你是一名律师，你应该知道我们再来找你的时候会是什么结果。”

夏默说完，与何诗宜一起回到了律师事务所中。他必须承认自己确实松了一口气，虽然现在还没有看到陈万里本人，但他知道这已经是个不错的结果了。他曾一直担心自己会再次找到一具尸体，再次运行着那个幽灵写好的游戏。他也知道刚才让何诗宜守在楼下，自己在这栋写字楼的几十个房间里逐一寻找或许是更稳妥的方式，但他不想让自己看起来过于笨拙，他总觉得那个幽灵就在看着他，那是个做事优雅的幽灵，他希望幽灵也能认为他是个配得上的对手。

事务所的角落里，放着一个小巧的美式滴滤咖啡机，旁边还有一罐闻起来味道不错的蓝山咖啡粉，“喝点咖啡吗？”夏默轻松地说，“反正现在也没事可做。”

2

有时候崔研一会问自己，我是不是一个幽灵？一个不存在的人？

比如现在，在这间被改造成排练室的车库里，崔研一觉得自己就像是一团看不见的空气。即使在乐队排练的间隙，其他成员都出去抽烟聊天的时候，姜一晨依然像尊雕像一样坐在那台半人高的马歇尔音箱上，没有任何要跟她讲话的迹象。

在所有乐器的声音都静止下来以后，车库外的雨声变得更为清晰，雨滴拍打着头上的铁皮顶棚。

姜一晨用一块灰色的绒布反复擦拭着手里那把原木色的芬达电吉

他。这把吉他在琴身尾部有一处明显的破损，姜一晨抚摸着破损的地方，像是在抚摸婴儿的肌肤。崔研一看着姜一晨的眼神，她多希望那个眼神是落在她的身上。

崔研一再次确认了自己身上的香水味，这瓶香水是她几天前新买的。事实上在崔研一的心里，她觉得这款香水无论从名气还是气味上都严重过誉了。但她还是毅然决然地买下了它，对她来说，这不只是一种味道，而是一个话题，一个理由，一种可能性。

“我记得你有很多把吉他，”崔研一凑近了一点，她希望自己的动作足够自然，“但是好像特别喜欢这一把。”

姜一晨抬起头，露出迷惑的表情，似乎这才确定排练室里还有另外一个人的存在。“你在和我说话吗？”他问。

崔研一觉得自己被打击了，但是她必须振作起来。

“虽然每天跟你们在一起，但我还是不懂吉他。”崔研一挤出笑脸，“这把琴有什么特别之处吗？”

姜一晨对她礼貌地笑了一下。

崔研一不喜欢这个笑容，因为它看起来实在太标准了，标准到失去温度。她上一次见到这种笑容，是电视台里那个身材曼妙的女人，那时候她还不了解这种笑容背后的不耐烦。也许那天，对于陪同姜一晨一起去接受采访的自己，本质上也只是一个多出来的麻烦而已。那次采访最后以欺骗告终，崔研一在电视上看到一个不知什么时候偷偷拍摄的纪录片，和那些断章取义、交叉剪辑过的对话。她好多次想找到那个女人讨要一个说法，但是那个女人拒绝接听她的电话，在她想要去电视台找那个女人当面质问时，阻挡她的却是姜一晨——整件事情中最大的受害者。

姜一晨不希望这件事继续发酵，他平静地接受了对自己不利的结果，平静得不像是一个地下摇滚明星该有的态度。

现在，这个笑容又出现在姜一晨的脸上，这让崔研一感到绝望，她觉得自己变成了局外人。姜一晨继续用自己缓慢的节奏擦拭琴身，等待着外面抽烟的人回来继续排练，而她，在最开始就不该出现在这里。

我应该变得更有自尊，崔研一心里的声音说，保持沉默，不再主动跟他说话，不再卑微。

“你能给我讲讲电吉他的知识吗？”话一出口，崔研一就在心里咒骂自己没出息，但她却停不下讨好的姿态，“要不然别人都觉得我这个乐队经纪人也太不专业了。”

她赔着笑，弯着腰，倾尽所能。

“你想听实话吗？”姜一晨抬起头问了一个奇怪的问题。

“当然。”

“实话就是，”姜一晨看着她，“我也不是很懂吉他。”

太好了，崔研一心想，真是他妈的太好了，至少他还愿意跟我说句话，跟我这个卑微的、渺小的、虫子般的女人说句话，真的他妈的太好了。

你是一支摇滚乐队的主唱和节奏吉他手，你有很多把形状各异的电吉他和带着复杂旋钮的效果器，你每天的生活除了排练就是演出，现在你告诉我你不懂。

你连一个像样的理由都懒得去想。

崔研一确认着自己身上的香水味，她觉得这个味道比之前更恶心。

抽烟的人陆续回来了，“聊天呢？”体脂过高的鼓手调侃着说。他回到架子鼓的后面，调整座椅的位置，习惯性地踩了两声底鼓。

其他的成员也都在准备着，贝斯手将背带挂好，旋转琴身的音量旋钮，主音吉他手一边低头看着电子调音表一边调弦，姜一晨也放下手里的灰色绒布，从马歇尔音箱上下来。

他们都有自己的事情要做。

只有我是多余的。

只有我不属于这里，不属于车库改造的排练室，不属于这款香水的味道，不属于和吉他有关的话题，不属于那个人。

3

陈万里和猜测的形象差不多，同时也和猜测的形象差很多。虽然夏默没有见过陈万里的照片，但当那个肥胖的男人走进来的时候，还是让他油然产生这样的想法。

肥胖只是陈万里给人的第一印象。如今的人类过于注重身材了，夏默心里想，所以当看到一个肥胖的人以后，才会本能地忽视那个人身上的其他细节，最后当你回想起那个人的时候，你只能想起成堆的肥肉。

但夏默喜欢观察细节。他看着陈万里身上那件不合体的西装，还有那条勉强缠绕在脖子上的深蓝色领带，这两样东西让陈万里看起来更像是一个矛盾体。他气喘吁吁，汗水正浸透他的衣领和稀疏的头顶，仿佛刚结束一场马拉松。但是很显然，对于陈万里这种身材的人来说，要达到这样的状态并不需要走太多的路。

十分钟整，夏默看着手表，至少他是一个有时间观念的人。

夏默给陈万里也倒了一杯咖啡，陈万里坐到办公桌后面，将整个身体压在那把可怜的旋转椅上。他们等待他慢慢调整呼吸，等待他擦汗，等待他一口口喝完杯子里的咖啡。

“我的快递呢？”陈万里放下杯子，抬起头看着面前人高马大的夏默。

何诗宜用疑惑的表情在两个人脸上扫来扫去。

“快递有时并不安全，”夏默说，“我遇到过很多快递入室抢劫强奸的案子。”

陈万里转动椅背，扫视着自己一片狼藉的办公室，“那你觉得我这里是比较适合抢劫……”他挤出笑脸，“还是强奸呢？”

“比较适合老实回答问题。”

陈万里收起笑脸。

“你想知道什么？”

“曹英红，”夏默说，“也就是江雪的母亲，她找你到底有什么事？”

陈万里在进来这个屋子之前准备了几套答案，我不认识她，这个人是谁？没有印象。所有的答案都是同一个意思，就是没有任何用处。陈万里叹了口气，他知道自己躲不过。

“遗产。”陈万里说。

“继续。”

陈万里告诉办公室里的另外两个人，曹英红第一次打电话来的时候，她已经知道自己快要不行了。曹英红并不打算把那笔钱用在自己只有百分之五几率治愈的疾病上。陈万里觉得，就算曹英红的病有百分之九十五的几率治愈，她还是会选择等死，因为她早就决定了要把那笔钱留给江雪，她知道自己活着的时候江雪不会收她一分钱，所以把它写在了遗嘱里。

陈万里就是负责曹英红遗嘱的人。

“一共多少钱？”夏默问。

“100万。”

曹英红知道女儿在千山的职业，从地理位置上来看，上川镇和千山本就属于同一片地方。她们真正的距离来自于内心，来自于虽然看得到女儿的生活，听得到女儿的声音，却永远无法靠近。事实上，曹英红并不像大多数她那个年纪的妇女一样，为女儿的职业感到丢人，她只是觉得不够稳定。

所以曹英红在遗嘱里加了一条，要求这100万元分成五年继承，每年20万，在4月13日江雪生日的那天打给她。

曹英红没有想到的是，一直到死，女儿都不肯与她扯上关系。

“所以她把钱捐给了孤儿院。”说话的是何诗宜。

陈万里点头默认，“这笔钱从法律上来说已经属于江雪了，她有支配的权利。”

“可是捐助人却是你。”

“是我。”陈万里说，“因为江雪从一开始就认定，这笔钱跟她没有关系，她只给了我那家孤儿院的名字，甚至都不愿意在这里多待一分钟。”陈万里再次看了看自己狼藉的办公室，露出了自嘲的笑容，“当然我也能理解。”

“可是作为一名律师，你依然需要一个授权，一个合法性。”

陈万里很欣赏夏默的敏锐，他在想这个“快递员”说不定能成为他的朋友。“没错，我必须要有一个书面协议，清清楚楚地写着江雪授权我代为捐助，所以当每年的4月13日，江雪有了20万可支配的财产以后，她就会准时来我这里，在协议上签字，一句话不说就走，整个过程不足一分钟。”

“直到今年。”夏默说。

“直到今年，”陈万里重复道，“我是在没有等到她以后，才知道她在前一天已经出事了。”

窗外的雨声还在继续，这让夏默怎么都无法集中注意力。他可悲地想到，也许他从此以后的人生，将会永远被下雨天折磨，他将在这样的天气中陷入痛苦，无法思考。

“我能看看那份协议吗？江雪签名的协议。”

“我说的都是实话。”

陈万里坐在原地没动，他抬头看着对面的男人，那个男人虽然面无表情，但他却分明读到了一种坚持。陈万里再次叹了口气，对于身材肥胖的人来说，叹气成了一种常态。他将手伸向西装内袋，对面男人的脸上忽然闪过一丝警惕。

“我只是在拿这个。”陈万里晃了晃手里的钥匙。

上锁的抽屉柜被打开了，陈万里知道，他今天是一定要打开这道锁的，否则对面的家伙不会放过他。不过幸好，江雪的协议就放在抽屉的最上面。

他拿出三张A4纸，迅速推回抽屉重新上锁，将协议递给夏默。

“一共就签了这三次。”

夏默注意到何诗宜正凑过来踮脚看着，将纸张往下放了放。协议的内容正如陈万里描述的那样，没有更多的信息，下面是江雪一划而过的签名，仅仅两个字，也能看出江雪的不耐烦。

夏默将协议还给陈万里，陈万里把它放在办公桌上。

“你不收起来吗？”夏默问。

陈万里犹豫了一下，再次用钥匙打开抽屉，迅速将协议放回锁好。

他看不出对面的男人是否有表情上的变化。

“可是你为什么要匿名捐款呢？”何诗宜问。

陈万里白了她一眼，“你怎么知道的？他们的捐款协议中，不是说不会公布匿名者的信息吗？”

“他们没有公布啊，捐款的事是你自己告诉我们的。”

“可我没告诉你我是匿名啊。”

“难道会有很多人在每年4月13号的时候，都捐款20万过去？”

夏默偷偷看了何诗宜一眼，他知道这是何诗宜对于自己窃取匿名信息的临场解释，这个新手表现得不错。

“匿名是江雪的意思，”陈万里大概相信了何诗宜的说辞，“我不知道是为什么，我也没问过她。而且……”陈万里说，“就算问了她也不会告诉我的。”

“现在的问题是，”陈万里继续说，“这笔钱还剩下四十万，但是我已经不可能再得到授权了，其实我想把这笔钱继续捐助下去，甚至差一点就这么做了。江雪如果知道自己会死，她的遗嘱里也一定会这么说。”

“这样做合法吗？”

“至少不会有人追究。”

场面陷入安静，何诗宜忽然注意到陈万里的眼神直直地盯着她，这个眼神让她感觉有点不舒服，是尖锐、锋利、渴望的眼神。

“你觉得呢？”陈万里依然没有移开自己的眼神，他问何诗宜，“你觉得我应该怎么处理这笔钱？”

“我觉得……”何诗宜思索着，她在与自己做斗争，理性与感性的斗争，最后胜利的一方借用何诗宜的肉体说，“你应该继续捐下去。”

夏默看着他们两个人。

他觉得是时候进入下一个话题了。不知何时，他的手上多了一张照片，照片上是另外一个女人。

“我们来聊聊她吧，”周晚晴的照片几乎贴在了陈万里的脸上，

“这个人你认识吗？”

陈万里推了下办公桌，让转椅向后退了一点，以便能够将视线对焦在照片上，他仔细辨认了一会儿，用笃定的语气对夏默说，“我不认识。”

“你再想想。”

“不必了，”陈万里说，“我很确定我不认识这个人，她不是我的朋友，不是我的客户，甚至不是一个和我擦肩而过的陌生人。“

“你为什么这么肯定？”

“别忘了我是个律师，”陈万里忽然对自己的职业骄傲了起来，“我的技能之一，就是记住每一张见过的脸。”

何诗宜并不觉得陈万里在说谎，他今天已经交代了不少了。真正让她不解的是，夏默为什么会问这些问题。

她看到夏默正在迈开长腿，两三步就移动到了陈万里的身边。她预感到了一些事情，但这预感依然没有夏默的动作快。下一秒钟，夏默已经用强壮的上臂锁住了陈万里的头，将陈万里狠狠地按在了桌子上。

“我再给你十秒钟的思考时间。”夏默冰冷地说。

陈万里痛苦地哀号着，声音已经变了形，夏默看起来就像是印第安部落里宰杀动物的猎手。她匆忙上前试图拉开，却感觉到夏默的身体像一道坚固的围墙。

十秒钟以后，夏默放开了陈万里。肥胖的男人瘫坐在椅子上痛苦地喘着气，仿佛一个刚被救上岸的溺水者。

“夏默！”何诗宜愤怒地喊，“你这是在干什么？”

“在做正确的事。”夏默转身离开了办公室。很快，门外传来了监控器被击碎的声音。

“那个人疯了。”陈万里用虚弱的声音说。

“实在抱歉，他平时不是这样的。”何诗宜不好意思地说。

陈万里摇了摇手，表示何诗宜并不需要道歉，“我没事，倒是你，跟那种人在一起，一定要保护好自己。”

何诗宜对陈万里道了谢，跑出去寻找夏默的身影。

4

雨声和身后渐行渐远的乐队排练声融为一片，崔研一浑身湿透，看着眼前的景色被雨雾涂抹成一幅十九世纪的印象派油画。

崔研一知道，没有人在乎她的离开，甚至没有人注意到她的离开。

特别是他。

她的脚步迟缓，不知道自己该去往哪里，只是任凭双腿机械地迈动，带她远离身后失真的吉他声。雨水将她的短发黏稠地贴在脸颊，清洗着她今早用了一个小时完成的妆容。她更希望的是雨水能洗掉她身上的香水味，恶心的香水味，不属于她的香水味。

崔研一觉得，姜一晨大概早就心有所属了，那个人是谁？很有可能就是电视台里那个穿着高跟鞋，摇晃着屁股走路的贱人。

崔研一想起来上次在电视台等待离开的电梯时，那个女人特地提到了她身上的香水。

她一定是感到了敌意才会特别提到这款香水，我早就应该想到的。

雨越下越大。

崔研一不觉得痛苦，又或者说，她已经习惯了痛苦。此刻她更真实的感觉是委屈，就像小的时候被其他小孩欺负，父母却还要责怪她的那种委屈。这种委屈来自于自己本来可以依靠的人，摇身一变站在了你的对面。自己用尽一切去保护姜一晨，在姜一晨被人算计了以后像个疯子一样想要讨回公道。她直到今天才意识到，自己并不是疯子，而是一个傻子。

傻到被人卖了还在帮人数钱，傻到一个人对抗全世界。

她决定放弃抵抗，不去做一个疯子，更不去做一个傻子，甚至再也不要变成一个不小心喜欢上别人，很容易让自己受伤的小女生。我要放弃了，崔研一的脚步越来越快，我要放弃了。

她无法放弃。

她无法控制自己不去想姜一晨在舞台上的身影，那是他最有魅力的时刻，这些画面就像不干胶贴纸一样死死地黏在崔研一的脑子里，强行撕掉只会留下深深浅浅的痕迹，想要彻底清除几乎永无可能。

崔研一沮丧地发现，她爱那些时刻，爱那些回忆，这种爱将会抑制她对姜一晨的恨，让姜一晨可以继续肆无忌惮地无视她和伤害她。她爱姜一晨唱歌的表情，爱姜一晨煽动台下观众的叫喊，爱姜一晨在乐队独奏时转身离开舞台的背影。

她爱的是孤独的姜一晨，她爱的是姜一晨的孤独。

崔研一想着，如果有一天她真的和姜一晨走在了一起，她将会不可避免地化解姜一晨的孤独，那时候我还会继续爱他吗？这成了一个悖论，一个谜题。

幸好这个谜题没有出现的可能了。

不知不觉间，她还是走到了这里。

“枪与玫瑰”四个字被雨水拍打着，这个霓虹招牌和她一样，此刻是很容易被人忽略的存在。只有到了夜晚，霓虹闪烁时，人们才会被吸引进酒吧大门。崔研一并不像枪与玫瑰，也不像电视台里的那个女人，她的身上没有闪烁的灯光。

她还是走进去，带着她湿漉漉的身体和内心。白天的枪与玫瑰没有多少人，这让这里更像是她的家一样。

5

夏默并没有走远。当何诗宜对陈万里道了歉也道了谢，走出律师事务所，经过楼道里被夏默敲碎的监控器以后，她看到夏默站在写字楼出口的地方躲着雨，嘴上叼着一根燃烧的香烟。

“我不知道你还抽烟。”

“我自己也快忘了。”

两人穿过雨帘快速回到车上，夏默看到嘴上的香烟已经湿透了，他打开一点车窗将剩下的半支烟扔掉。汽车还没有发动，雨水不停地拍打着风挡玻璃，模糊着车窗外的一切。

“你不该那么做。”何诗宜说。

夏默知道她说的是什么，他没有回应。

“就算陈万里在撒谎，你也不应该动手，”何诗宜接着说，“而且我觉得他说的是真话。”

“他说的当然是真话，”夏默说，副驾驶的空间对他来说有点局促，“他确实不认识周晚晴，我从他的表情里可以确定这一点。”

“那你为什么还要动手打他？”

“这样事情会变得简单一点。”夏默晃了晃手里的钥匙。

“这是……”

“陈万里锁着的抽屉里，一定还有些别的东西，”夏默重新将钥匙放进上衣口袋，“他在开关抽屉时遮遮掩掩，动作迅速，在给我们看那三张协议的几分钟里，也不忘上锁。”

“你觉得他隐瞒了一些事？”

“我还不能确定，”夏默拉上安全带系好，这是让何诗宜开车的信号，“所以我决定晚上回来看看。”

“怪不得你要破坏楼道里的监控器。”

挡风玻璃上的雨刷在两个人面前摆动，发出有节奏的响声。雨势越来越大，能见度不足十米，这让车速只能保持在30迈左右。两个人开始了默契的沉默。

“你觉得陈万里是个什么样的人？”何诗宜率先打破沉默。

“体面的人，或者说，曾经体面过的人。”

“为什么？”

“你注意到他的穿着了吗？”夏默没有要何诗宜回答的意思，“他身上的那件西装，并不比你现在开的这辆车便宜多少，但那已经是十年前的款式了，作为一个落魄的律师，这件西装显然不太合身。”

“你是说，他曾经也是一个上流社会的人？”

“不只是这样，那件西装是意大利匠人手工制作的，每一件都在袖口内侧缝制着签名和编号，每一件都是孤品，那件西装即使现在出售，也能卖出一个不错的价钱，甚至还有的赚。”夏默望着车窗外被雨水洗劫的千山，“他这样做的理由只有一个，这个人在内心中，依然沉溺于过去的辉煌中。”

“有时候我觉得你的推理过于夸张了，”何诗宜打趣着说，“夸张到让我不确定是否应该相信。”

“所以我们需要验证。”

“怎么验证？”

“这就只有靠你了，”夏默说，“现在这辆车里只有一个人仍然是警察，能够使用内部系统去查询一个人的背景，陈万里如果真的因为什么事情落魄至此，他一定会留下记录。”

“那你呢？你准备做什么？”

“我不是说了吗，”夏默指了指装着钥匙的口袋，“我还有一把锁要打开。”

“我跟你一起去。”何诗宜意识到自己的声音大了点，又补充道，“我们是搭档。”

夏默摇了摇头，“不行，我不知道那后面还有什么样的危险。”

“你在劝一名刑警不要面对危险？”

“至少不要面对我无法预知的危险。”

汽车离开高速路，进入了一条单行道，眼前不只是路人，连其他的车辆也看不到了。现在的千山看起来如同一座孤城。

何诗宜的脸红了。

“你是在担心我吗？”

夏默没有说话，他正专注地看着雨水。雨天会让夏默陷入痛苦，他庆幸自己还能躲在一辆汽车中，假装一切都没有发生过。但是夏默依然无法抑制那些回忆的碎片，它们跟着雨水一起砸在夏默的眼前。雨天，仓库，地上的血迹，没完成的那幅画。

“如果我愿意陷入危险呢？”何诗宜说。

每次当何诗宜试图将话题更进一步的时候，她总是得不到回应。比如刚才，当她觉得气氛正在变得温暖，甚至暧昧——尽管她并不知道暧昧到底是什么。她问夏默是否在担心她，夏默一如既往地让这个问题被雨水冲走了。何诗宜对这种情况已经不再感到尴尬，但她不想放弃。

“你说什么？”

“如果我愿意陷入危险呢？”何诗宜语气坚定地重复了一遍，“哪怕是为了你。”

“你为什么愿意？”

是啊，为什么呢？何诗宜早就不止一次地问过自己了。她知道类似“警察的天职”这样的答案已经无法满足她了。

“如果，”夏默说，“我是说如果，我真的需要你去面对危险，我会给你一个暗号。”

“什么暗号？”

“你想要什么？”

我么？何诗宜在心里对自己说，终于轮到我提出条件了吗？

“你能不能……”何诗宜想起第一次见到夏默的时候，在他的家里看到他简单到极致的随身物品，一把吉他、一些唱片，还有一本画册。

她继续说，“你能不能，为我画一幅画？”

汽车终于驶入了他们都熟悉的区域，何诗宜现在有两个选择，送夏默回家，或者带他一起回刑侦队。

“在前面停车。”夏默说。

何诗宜看着夏默手指的地点，那是第三个选择。她知道夏默会在心里难过的时候去那个地方，盯着吧台上的金色液体一言不发，这就更让她想不到夏默现在要去枪与玫瑰的理由。

“你在为什么事情难过吗？”何诗宜说。

“你先回去吧，别忘记查陈万里的背景。”

“我可以陪你。”

“我想一个人喝一杯。”

夏默不等何诗宜回话就冲下车，没入扬起白烟的雨雾中，消失在枪与玫瑰的门口。

他很痛苦，何诗宜看着早已消失的背影想，从今天刚刚见到他的时候就有所察觉。现在何诗宜也有了一点相同的感觉，不是因为心疼夏默，那个混蛋从来不需要别人心疼，而是因为她依然没有参与进夏默的痛苦中。

6

教父。

夏默记得刚才载他来到这里的女人曾经问过他，夏默对她解释，这是由苏格兰威士忌与杏仁香甜酒调制的，是他唯一喜欢的一种酒。

夏默没说的是，过去的一年，教父是他唯一的朋友。他每天在教父旁边睡着，又在教父旁边醒来。他可以几天不吃饭，但却不能离开酒杯几个小时。现在这杯酒就摆在他的眼前，他的戒酒决心越来越像一个笑话，他看着自己还没碰过的这杯酒，知道自己坚持不了多长时间。

一个女人在靠近他。

夏默说过，让她回去查那个落魄律师的背景，让她一个人开车离开，让她远离危险。但她为什么偏偏不听？为什么自己每次想在这里独自喝上一杯的时候，她总会出现在身边？

熟悉的香水味推翻了夏默的判断，这是刚才的汽车里没有的香水味。夏默抬起头，看到面前的这个人并不是何诗宜，是另一个短发女人，有一点眼熟，但仍然可以确定自己并不认识她。

女人坐在夏默旁边的椅子上，从她面前的酒杯可以看出来，她早在夏默来之前就在这里了。她浑身湿透，显然在雨中行走了很久，雨水从她的衣服和发梢滴滴答答地落在吧台边的地上，她的侧影看起来和夏默一样伤心。

“香奈儿5号。”夏默说。

“我以为没有男人能够注意到我身上的香水味。”崔研一没有回头，她想起了正在车库里排练的人。

“可以理解，香水对于男人永远都是陌生的。”夏默说。

“显然你不是那样的男人。”

“我的情况比较特殊。”

“特殊？”崔研一终于转过头，她看到一个面容冷峻的男人，高大的身材压在小巧的吧椅上，看起来随时可能摔倒。

“你是做什么的？”

“我是一个警察。”夏默不知道这算不算是个谎言。

“警察不是应该只熟悉血腥味吗？”

“香水也可能是血腥味的一种。”

崔研一笑了起来，这是她今天第一次笑。她不知道自己发笑的理由。人类如果要笑，总归会因为什么开心的事吧，可是她人生中所有开心的事都已经结束了，她还在笑什么呢？她不知道，只是想笑，大概是因为酒精吧，她不在乎理由。

“你不是一个警察，”崔研一看着夏默的形象，“你看起来更像是一个杀人犯。”

“也许我两者都是。”夏默依然不知道这算不算是个谎言。

“但你至少不是个坏人。”

“坏人是很容易看出来的吗？我的经验可不是这样。”

“我的也不是，但我认识你。你在我们乐队演出的时候来过几次，像你这样的人，在人群中很好辨认。”

我们乐队？夏默思索着，他终于想起来自己在哪里见过这个女人了。那部纪录片，沈凝拍摄的关于绝缘体乐队的纪录片里，这个女人曾和其他乐队成员站在一起，有过一个一闪而过的画面，但没有提到她的名字。

夏默回想着那个纪录片，他在第一次看的时候就知道，那里面布满了拍摄者的伎俩和手段，这也是他去找沈凝合作的原因。沈凝在某种程度上和自己一样，是一个为了结果不择手段的人。

“我现在相信了，”夏默说，“你的确不是一个能分辨坏人的人。”

“这是好事还是坏事？”

“分情况。”

“什么时候是好事？”

“当你不是一个警察，而我不是一个女人的时候。”

崔研一笑了，今天的第二次发笑。她举起酒杯，晃了晃里面的深蓝色液体，那是专为女人调制的鸡尾酒，“干杯，为我们不是对方，干杯。”

夏默犹豫了一下，很快就做出决定，反正今天的这杯酒总是要喝的。

“干杯。”

7

夏默在浴缸中醒来。

浴缸，没错，他放心下来，打算再次回到睡眠中。此时夏默突然清醒，他看着陌生的四周，这不是他的浴缸，尺寸要大了很多，这也不是他的家，是完全陌生的环境。

夏默举目四顾，大脑中属于刑警的一部分迅速运转起来：女人的房间，年龄在30岁以下，单身，收入大概……

他忽然觉得自己是个傻子，昨晚在枪与玫瑰遇到的那个女人走了进来。

“你醒了？”

人总爱问一些已经知道答案的问题，比如看着清醒的人说“你醒了”，看着吃饭的人问“吃饭呢”，面对不爱自己的人问“你是不是不爱我了”，等等等等。

“我又喝醉了？”夏默也问了一个类似的问题。

女人笑了笑，她的身上依然带着香奈儿5号的味道，夏默记得她好像不喜欢这个味道。

人类和动物的区别之一，就是人类会撒谎。

“昨晚你喝了那杯酒就醉倒了，我不知道你住在哪儿，就把你带到了我家。”

“不好意思，我现在的酒量很差。”

“我才应该道歉，”女人说，“昨晚我是把你放在沙发上的，但是早晨却看到你在浴缸里，你一定睡得很不舒服吧。”

“正好相反。”

女人笑了笑，她看起来状态不错，至少比昨天在枪与玫瑰的时候好得多。

“希望我没有弄脏你的房间。”夏默环顾整个白色的洗手间，推测女人是一个很爱干净的人。

女人摇了摇头。这让夏默觉得对方人不错，她看起来温柔随和，只是对陌生人缺乏戒心。

“我做了早餐，你是想先吃还是先洗个澡？”

“我该回家了。”夏默从浴缸里站起来，小心翼翼地把自己沾着泥土的皮靴踏在洗手间光洁的瓷砖上，因为昨天的大雨，他不可避免地在地上留下了尴尬的鞋印。

“没关系。”女人看出了夏默心里的想法，“反正我也是要收拾的。”

“你可以先吃完早餐再走，我做了两人份。”

“我真的不应该再打扰了。”夏默拒绝，但这并不代表他不饿，从昨天下午到现在，他的胃里还没有进入任何食物。

女人没有再强行挽留他，夏默在全身的口袋里搜寻，女人再一次看出了他的想法，从餐桌上拿来夏默的手机递给他。

“昨晚掉在地上了，”女人说，“而且有人一直在给你打电话，我不方便接。”

夏默接过手机，能给他打电话的人只有那么几个，猜也猜得到是谁。他打开手机，看到未接来电里二十二个何诗宜的名字，这才记起自己错过的事情。

他回拨何诗宜的手机，电话在拨通的瞬间就被接了起来。

“我找了你一晚上。”

“抱歉。”夏默没说原因。

“你在跟我道歉吗？”何诗宜用不可思议的语气说，“那一定是出了很大的事情吧。”

“没什么。”夏默抬起头，看到对面的女人依然笑着看着他，客厅窗明几净，厨房里残留着早餐的香味，音响里播放着朋克教父伊基·波普翻唱的《玫瑰人生》（*La vie en rose*），这里的一切都像是一个家，一个正常的、温馨的家，一个永远不可能属于他的地方。

“有什么发现吗？”何诗宜在电话里问。

“什么？”

夏默当然知道她问的是什么，他不知道的是该如何回答。

“陈万里上锁的档案柜，”何诗宜听起来咄咄逼人，“你昨晚不是偷偷回去了吗，有什么发现吗？”

“见面再说吧。”夏默需要一点找到借口的时间。

“好，那我去找你。”

“我去找你吧，”夏默说，“你现在人在哪儿？”

“我在你的楼下。”何诗宜说。

“我不在家。”夏默觉得有点不好意思。

“我知道，我也不在你家楼下，而是你昨晚过夜的那个地方。”

夏默下了楼，看见何诗宜双手抱在胸前，这是一个保持距离的姿势。

“我记得你好像说想一个人喝一杯。”

“你怎么找到这里来的？”夏默问。

“枪与玫瑰的酒保，”何诗宜的语气似乎缓和了一些，“你也知道你的形象很容易被人记住吧，而跟你喝酒的那个女人是那支乐队的经纪人，酒保告诉我他看到那个女人很费力地把你抬了出去。”

“我喝醉了，对于一个女人来说，想把我拖出去确实费力了点。”

“我很清楚。所以你也没去陈万里的事务所吧？”何诗宜也问了一个已经知道答案的问题。

那代表夏默不需要说话。

他们走出小区，夏默感觉到何诗宜在刻意与他保持着距离，她的步频很快，走路带风，从口袋里掏出汽车钥匙，停在路边的丰田车发出“嘀嘀”两声，门锁打开了，他们分别从两旁上车。

“你们是提前约好了在那里见面吗？”何诗宜的这句话似乎憋了很久。

“谁？”

何诗宜笑了，很开心地笑了，这笑声让夏默无法理解。他想起沈凝的那句话，你不了解女人。

何诗宜笑的原因是，夏默竟然都没有意识到她问的人是谁，那也就是说，他并没有提前与那个女人约好在枪与玫瑰见面。那个女经纪人只不过是在夏默醉倒时，凑巧出现的一个普通人，一个没有威胁的人。何诗宜见过夏默醉倒的样子，不止一次，这让她更肯定昨晚什么都没发生。

夏默不解的表情，让她笑得更开心了。

夏默的心情也不错，虽然带着歉意和昨晚没能完成行动的懊恼，但是依然不错，因为今天没有下雨。

“我们是不是该说点正事了？”夏默问。

“的确。”

“你查到了什么？”

何诗宜从驾驶座上转过身，费力地从后排拿出一个文件夹，里面是打印好的一叠A4纸。何诗宜翻开，收起表情，阻止着内心天真的喜悦对夏默说：“你说的没错，这个陈万里，确实曾经是个体面的人。”

一年以前。

浴缸里盛满了水，上面漂浮着白色的泡沫。夏默赤裸着躺在这里，让水没过他厚实的胸膛，他抬起一只手臂轻轻划水，让泡沫流向另一个赤裸着身体躺在这里的人。对面的女人发出笑声，夏默感到她纤细的腿向他伸来，肌肤发生柔软的触碰。浴室里一个音质糟糕的音响正在播放着皇后乐队佛莱迪·摩克瑞演唱的《爱我仿佛再无明日》，浴室的空间给这首歌带来天然的混响。

夏默拿着手上的画笔，女人半裸的身体正在画册上渐渐清晰。这时女人忽然从浴缸里站起来。

“不要动，就快画完了。”夏默说。

女人再次发出清脆的笑声，这个笑声每次都能让夏默陷入短暂的晕厥，掉进与世隔绝的幸福中。

“我没有时间了，”女人说着打开淋浴开关，她身上的泡沫被冲掉了，雾气灌满房间，“等我回来再画。”女人在水声中说。

“一定要走吗？”夏默问。

“什么？”

“我是说，”夏默抬高音量，“你一定要走吗？”

正在冲洗着长发的女人转过头来，笑着看着夏默，高挑的身姿穿过水雾，走到浴缸旁拿过夏默手上的画笔和画册，放在一个不会被水打湿的地方，接着伸手将夏默从浴缸中拉起来。夏默带着轰然的水声站在她的面前，女人吻了他的脸，“乖，我很快就回来。”

夏默被推向淋浴喷头的下面，感受着热水和她的指尖划过肌肤。他的身体放松，佛莱迪·摩克瑞的声音已经被水声掩盖，浑身的泡沫在褪去，血液集中流向身体的某一处，夏默没有继续说什么。

她说她很快就回来，那我就等她回来。

水声关闭，音乐声再次清晰，女人用一条白色的浴巾擦拭夏默壮硕的背阔肌，最后夏默将这条浴巾围在腰间。

女人用手擦去浴室镜子上的白雾，两个人的脸清晰地倒映在上面，女人的皮肤白得通透，而夏默的肌肉上则布满了深深浅浅的疤痕。他们看着对面的自己，女人的头靠在夏默的肩膀上，手指轻轻划过夏默身上的疤痕，这些疤痕最早可以追溯到中学时期的斗殴，最近则是因为不久前刚刚追捕到的逃犯。

“你爱我吗？”女人问。

夏默没有回答，因为女人知道答案。

“但是有的时候，我不知道我爱的是哪一个你。”女人看着镜子说。

“为什么？”

“你明明是一个警察，却让普通人感到害怕，你有时像个天使，有时却像个魔鬼。”

夏默看着镜子里的自己和她。

“夏默，告诉我，”女人说，“我身边的你和镜子里的你，到底哪一个才是真实的你？”

第八章

1

车上。

何诗宜打开文件夹，对夏默说："这个陈万里，是我目前接触过的学历最高的人。"

何诗宜对夏默介绍她查到的信息。陈万里至今为止的人生，有一半是在大洋彼岸度过的。他毕业于纽约大学法学院，这个世界上最好的法律学府之一，主要研究方向为国际法与知识产权法。在完成学业以后，陈万里并没有选择留在美国，而是回国加入了一家知名的大型律师事务所。从任何角度来看，陈万里都是一个幸运的混蛋，当时的他年轻，有才华，前途光明。在可以找到的当时的照片来看，即使从外形长相上看，陈万里也依然是女性市场上的抢手货，他清新阳光，笑容满面，看起来很有魅力，远不是今天这样拖着肥胖身躯的秃顶中年人。

陈万里在那家大型律师事务所工作没多久，就转而加入了一家企业的法务部门，这在律师行业不算什么新鲜事，因为企业往往能够开出更高的薪水，但是像陈万里这样，从前途无量的大型律所跳槽离开的人并不多，不过以他当时的能力，他完全有资格做出任何选择。

“所以，你的猜测是对的，”何诗宜放下手里的文件夹，“他曾经是一个穿得起意大利定制西装的人。”

夏默没有说话，他平静地坐在汽车的副驾驶席上，窗外的天气让他感到舒适，他觉得自己应该洗个澡，吃个早饭，就像大多数普通人一样度过一个简单的早晨。

“有什么问题吗？”何诗宜看着一言不发的夏默。

“没有，我在等你说下去。”

何诗宜笑了，她本以为夏默会对刚才的调查结果发表意见，比如责怪她使用着警察的内部系统，却只调查到一些普通人也能查到的信息，这样她就可以打出自己的底牌了。

现在看来，夏默完全不接招。虽然她的小把戏没能完成，但至少再次验证了夏默是个聪明的男人。

不，是个聪明的混蛋。

“好吧，”何诗宜打出底牌，“我查了一下陈万里后来工作的那家公司，找到了一些也许能够算作关联的东西。”

夏默的眼睛亮了起来。

“这家公司曾经名噪一时。”何诗宜说，重复了一下重点，“曾经。”

“他们最畅销的产品是一款旅行箱，品牌的中文名叫作‘碰撞’，但是这个中文名称只是为了在国内注册，并不会出现在产品上，至少不会明显出现。产品上能看到的都是品牌的英文名‘The Clash’。时尚的设计，昂贵的售价，东南亚工厂的制作，以及国外明星的代言，都让这款旅行箱被误认为是来自欧洲的奢侈品。”

何诗宜将一张旅行箱的照片递给夏默，夏默接过去却并没有看。

“然而好景不长，”何诗宜继续说，“很快这家公司就卷入了一起洗钱案中，虽然我能查到这里，但是这起案子的诸多细节还需要经侦队的配合。”

“不必了，”夏默说，“我们不需要牵扯那么多人。”

何诗宜点头表示赞同，毕竟这只是她和夏默的私下调查，而且并没有什么有说服力的证据让他们动用更多的警力资源。

何诗宜说：“我现在知道的是，当时这家公司涉嫌在国外建立非法投资账户，而既有法律背景，又有海外资源的，当时只有一个人。”

“所以我们的这位主攻国际法与知识产权法的律师，才会从知名的律所跳槽到那家公司。”

“没有证据，”何诗宜补充，“没有任何证据能够证明陈万里参与了这起洗钱案，他干干净净。最后这家公司倒闭了，创始人一家四口从此消失，所有人都普遍认为他们畏罪潜逃。虽然陈万里没有坐过一天牢，但是他的名誉依然受损严重，当时被停止执业六个月。”

“六个月以后，他开始了新的生活，直到变成现在的样子。”夏默说。

“律师这个行业比我们想象的更残酷。”

夏默沉思着，他依然没有看那个旅行箱的照片，他根本不需要看，这款旅行箱在他的家里就有一个。夏默依然记得当时买下这款昂贵旅行箱的理由，因为这是他喜欢的一支英国朋克乐队的名字，乐队最经典的专辑封面是贝斯手保罗·西蒙在舞台上砸毁自己贝斯的瞬间，而他最喜欢的一首歌叫作《不自由毋宁死》。

但是夏默在买下这款旅行箱的时候就知道，这个品牌与他喜欢的乐队没有任何关系。他曾经就是这样一个人，一个因为奇怪的理由去做出选择的人。

“那个公司的创始人后来找到了吗？”

何诗宜摇了摇头，“没有任何记录。”

调查给了他们需要的答案，这个答案是，陈万里是谁，或者说，陈万里真正是谁。

但是这与案件有什么关系？

一切仿佛正在前行，一切又仿佛只在原地踏步。夏默熟悉这样的感觉，在以前调查案件的时候，他曾多次出现过这样的感觉，经验告诉他，有些东西即将出现，他只是不知在何时。

“你有什么要说的吗？”何诗宜问。

“现在没有。”

“我有。”何诗宜眼神犀利地看着他。

“你要说什么？”

“我要说的是，我现在就送你回家，”何诗宜不由分说地发动汽车，“回去好好洗个澡，换身衣服，我受够你身上的香水味了。”

夏默看着何诗宜严肃的表情，阻止了自己调侃她的欲望，他知道何诗宜指的是香奈儿5号，毕竟他昨天被身着这款香水的女人送到了这里。

“每次我闻到这个香水味的时候，你都在场。”

汽车发动了，“每一次？”夏默问。

2

“每一次！”

何诗宜的声音里带着醋意，显然她的愤怒还没消失，或者说这种愤怒被再次唤醒了。汽车行驶在晴朗的天气下，千山看起来又变成一个充满活力的城市了。仪表盘的指针随着何诗宜的愤怒正在指向更大的数字，公路两旁的树木向后飞驰，夏默想起来自己还没有系上安全带。

下车以后，夏默想说一声再见，何诗宜的汽车却已经绝尘而去。他回到熟悉的房间里，脱下沉重的风衣，浴缸里的热水不多，但他并不介意。热水会让人过于放松，以致失去思考的能力。

就像一年前的那天一样。

夏默从头脑里驱走一年前的记忆，今天是个晴朗的天气，他提醒自己。

望着浴室天花板被凿出的坑洞和里面裸露的水管，夏默试图从现在已知的信息中找到关联，他知道自己也许会徒劳无功，但这已经是他现在唯一能做的事情了。

他的第一个问题是，江雪的母亲为什么会有100万的遗产？

在千山，账户里拿得出100万的人很多，但是在两小时车程之外的上川镇，这个人数就不那么乐观了。特别是当他亲身走进过曹英红孤独的房子以后，那里面贫瘠的陈设，让它看起来更不像是个有100万存款的人应该居住的环境。而在陈万里的描述中，这笔钱是曹英红所有的一切，除此之外，她甚至拿不出让垂死的自己走进医院的钱。她愿意把这笔钱留给自己的女儿，这对一个母亲来说，也许能够让人理解，可是她的女儿为什么不接受，她们之间到底出了什么问题？

夏默的第二个问题是，周永山为什么会对妻子施加暴力？或者说，周永山的妻子为什么不离开他？

在夏默当警察的这些年，他看到过很多因为家庭暴力导致的悲剧，有男人对女人的家暴，也有女人对男人的。很多暴力没有理由，只有最原始的野兽般的侵略性。很多人不离开施暴者也没有理由，或者唯一的理由就是著名的“斯德哥尔摩综合征”。但他总是觉得，周永山和他见过的大多数施暴者不太一样，他不像是一个有反社会暴力倾向的人。他的眼神萎靡，身体语言表现出明显的戒备，那天夏默在周永山家的门口遇到他的时候，他就留给夏默这样挥之不去的印象。

关联，我要找到关联，夏默对自己说，这是他这些天唯一在做的事。他提醒自己，剩下的时间不多了。

还有一件事情不太正常，幸运得不太正常，就是凶手依然没有继续作案，合理的解释是还没有出现合适的对象，这个人就像美食评论家一样挑剔。现在太过平静了，平静到除了听着倒计时的警察和受害人的家属之外，其他人已经忘记了这个城市失去了三条生命。夏默知道，越是平静就越是紧张，这个游荡的幽灵到底在哪里？

夏默很想喝酒。

他知道自己的戒酒计划已经正式宣告失败了，意料之中的结果。但他依然感到失望。他在克制，在心里做最后的抵抗，他知道自己碰到酒精就会失去判断的能力。不，不仅如此，是失去全部的能力，失去全部的意识。

夏默记得，曾经的自己还有喝酒闹事的能力，以一个醉汉的身份去殴打路上的小混混，或者被他们殴打。怎样都行，至少当时的他双脚能动，嘴巴还能说话。但现在他的酒量已经让他失去了被称为一个醉汉的资格，他只能彻底醉倒，并幸运地被女人送回家。

他想起了昨天那个伤心的女人，并在同时意识到，自己已经不知何时，变成了一个在思考案情时容易分心的人。

他想要思绪回来，但是思绪依然摆脱了他的掌控，脑中的画面依然停留在昨晚那个女人的身上。那个女人早晨的笑脸，家里的陈设，以及身上的香奈儿5号的味道。

香水味。

“我每次闻到这个香水味的时候，你都在场。”何诗宜半个小时前这样对他说。

他知道自己的思绪为什么不受控制了，那是他的警察本能。

夏默从浴缸里站起来，放掉了里面的水。他走向淋浴，让水流从他的头顶倾泻而下，划过他身上的伤疤。

饥饿的感觉再次袭来，他已经超过二十个小时没吃过东西了。

他记得家里还有一些食物，那是在附近的便利店里买来的，他不记得那些食物是什么，随便什么都行，反正最后只是为了解决饥饿的感觉。

他知道自己是一个懒惰的人，非常非常懒惰。

夏默关掉淋浴开关，赤脚踩过浴室的地面，因为一直在洗凉水的缘故，浴室的镜子上并没有出现挡住视线的白雾。他看着镜子里的自己，发现自己已经比一年前老了很多。

“我身边的你和镜子里的你，到底哪一个才是真实的？”

一年以前的声音在夏默的脑中响起来。

不，不要现在。夏默感到痛苦，试图去驱散记忆。

“夏默，你爱我吗？”

求求你。

声音在脑中回荡着，像是找不到出口的弹球在四处撞击。夏默捂着头，看着镜子中自己扭曲的脸，看着身上的伤疤。时间在这一刻像果冻一样凝固起来，将他包裹在记忆的中心，他站在回忆的漩涡中摆动双臂，试图挣脱却越陷越深。

他看着镜子里的人。

镜子里的人看着他。

忽然，一切都停下了。回忆的漩涡停下了，凝固的时间溶化了，扭曲的脸正在渐渐恢复，夏默与镜子中的自己对视，“原来是这样。”

他走出浴室，手机就扔在外面的桌子上，扔在家里剩余的食物和一个没洗的杯子旁边。

“谢谢你。”夏默对回忆中的女人说。

“还有，我爱你。”

3

何诗宜现在很开心。当她开着车即将返回刑侦支队的时候，她在车里不可抑制地傻笑起来。她也希望自己不要因为一点点小事就开心，这会让她显得很幼稚，特别是她还是一名刑警。

所以何诗宜决定利用最后几公里的路程赶快整理表情，不要让别人看出来。

她开心的理由很简单，当她把夏默送回去以后，她驱车返回，路上接到了夏默的电话。

夏默提出了一个让她头疼的要求，虽然她也知道，他的任何要求都是如此。电话里夏默提到了他现在住的房子，他问何诗宜是否知道这里是个凶宅。

何诗宜听人说过，让她惊讶的是原来夏默早就知道这件事，她以为夏默是在不知情的情况下住进去的，现在看来，这个人真的什么事都做得出来。

夏默希望何诗宜找到这间凶宅里那件案子的卷宗，并且拿给他看。

让人头疼的要求。

“很难，”何诗宜对着电话说，“本来我就不太清楚那个案子，因为已经过去很多年了，再说，私自带出卷宗是违纪行为。”

何诗宜在说完以后，意识到“违纪”两个字对夏默毫无杀伤力。

但是另外一件事的杀伤力就很大了，不是对夏默，而是对她。

“作为答谢，改天我请你喝酒。”夏默说。

“你就不怕自己又喝醉了吗？”何诗宜回想着两次送夏默回家的恐怖经历，和另一个人把夏默带回家的更恐怖的经历。

“反正有你照顾我。”夏默的声音在电话里传来。

不要笑，不要因为他说了这句话就感到开心，何诗宜在心里警告自己，更不要答应他。

“这算是约会吗？”话一出口，何诗宜就知道那个警告的声音又失败了。

“如果你觉得是，那就是。”

你还有机会，不要答应他，警告的声音不依不饶，那是违纪。

“好吧。”何诗宜说。

档案室里的小陈长着一张青涩的脸，他是何诗宜在警校的学弟，是个沉默寡言，容易害羞的男孩儿。

“学姐。”小陈还是习惯这样称呼何诗宜。

何诗宜对他展开笑容，看见小陈的脸颊泛起红晕，“我问你一件事。”

“你说。”

“你记不记得以前有一次，在队里聚餐的时候，韩队跟咱们讲过一个案子，说是当时在一个旧小区里发现两具尸体，腐烂得很严重，也没有身份信息，后来那个案子一直没破。”

“好像有这么回事，”小陈思索着，“冰淇淋案。”

“冰淇淋？”

“忘了当时谁起的名字了，据说是因为当时进入现场的时候，地上都是尸水，还滴滴答答地流着呢，那时候还是夏天，跟融化的冰淇淋似的。”

“这也太恶心了吧。”

小陈冲着何诗宜笑了笑。

“学姐怎么会突然问起这个案子？那都多少年的事儿了。”

“忽然想起来了。”何诗宜尽量让自己的语气看起来轻松一点，“那个卷宗现在还有吧。”

“那肯定是保留着呢。”

“我能进去看看吗？”

小陈的脸上闪出戒备的神色，何诗宜知道自己进展得太快了，对方虽然年纪小，但也是个感觉敏锐的刑警。

“为什么要看，有什么事情吗？”

“没什么事。”何诗宜轻描淡写地说。

“那就别折腾了，不太好找。”

“就是好奇。”何诗宜说，她看到小陈的表情虽然警惕，但是脸上的红晕并没有消失。

她意识到，自己虽然是一名刑警，更是一个女人，一个会喜欢上男人的女人。小陈虽然也是一名刑警，更是一个男人，一个会喜欢上女人的男人。

“你说……”何诗宜看着小陈的脸，“如果有异性跟你说，改天请你喝酒，这算不算是约会？”

“呃……算吧。”

“改天请你喝酒。”

何诗宜拍了拍小陈的肩膀，走进档案室。

4

来到夏默家的门口，何诗宜尝试着敲了两下门，听到里面传来一个遥远的声音，“门没锁。”

何诗宜转动把手打开门，屋内飘来老房子独特的腐朽气息。她走进这间凶宅，听着鼓起的地板在脚下发出声响。

“你在哪儿呢？”

“这边。”声音来自浴室的方向。

何诗宜回头，高大的男人已经走到了她的身后。她被眼前的画面吓了一跳，夏默壮硕的肌肉和棱角分明的锁骨高耸在她的眼前，古铜色的肌肤上伤痕累累，他面无表情走路无声，带着阴影和压迫感。

夏默只在腰间围着一条白色的浴巾，在腹股沟处打上一个结，看起来随时可能掉落。何诗宜希望自己的视线能够尽快从那个位置移开。

“卷宗带了吗？”

何诗宜醒过来，最后看了一眼夏默的腹肌。打开背包取出一个文件袋，“我再跟你说一遍，这可是违纪行为。”

夏默没有说话，只是熟练地打开卷宗。

根据卷宗的记载，距这起案件发现的时间已经过去了二十三年，报警人是住在楼上的一对老夫妇，也是这间房产的产权人。这间房子原本是空着的，准备留给外地工作的儿子，当作回来以后的婚房，所以他们直到发现尸体的那天，才知道自家的房子里进来了不速之客，而关于这两个不速之客的身份，他们和警察一样毫无头绪。

现场勘查的记录显示，当时两具尸体腐烂严重，死亡时间在三个月到一年之间，想要准确推定已经没有可能。尸体均已呈现白骨化，但是其中一名女性尸体的死亡原因，依然可以确定为颅骨骨折，并合理推测为颅内出血导致死亡。另外一具男性尸体吊在浴室的水管上，因严重腐烂已经不能推测是否为自杀。现场没有留下能够确认死者身份的物品，警察只能通过提取DNA，并与千山有DNA记录的失踪人口进行比对，结果依然是找不到能够匹配的信息。

关于这起案件留下的记录非常有限，特别是以当时的刑侦技术来说，破案难度很大。警方虽然在努力调查，但是始终找不到突破口。

后来的事情就是柳生曾经说过的了，楼上的夫妇也因为目睹了案发现场，留下了严重的心理阴影，很快就举家搬离，将两间房子全部丢给中介公司。由于“冰淇淋案”的社会影响极大，甚至引发了各种五花八门的都市传说，导致这两间房子无人问津，别说购买，连短租的人都很少，夏默是这些年来为数不多的、能够踏踏实实住在这里的人。

夏默低头看着手里的卷宗，一切都和他想的差不多。

他感到手臂上的一阵瘙痒，发现何诗宜的发梢轻轻拂过他的皮肤，何诗宜也凑过来，直直地盯着卷宗。夏默将文件袋收起来，何诗宜的眼神依然没有移开。

“你在看什么？”夏默问。

“啊……”何诗宜愣了一下，瞬间脸颊通红，眼神不舍地离开夏默的人鱼线说，“这案子还……挺恐怖的啊。”

“哦。”

“那个……我喝口水，”何诗宜转身走向厨房，“看得我口干舌燥的。”

成堆的速食品旁边放着一盏空杯，从痕迹上来看杯子没有洗过，何诗宜对夏默的生活方式皱了皱眉，“你有没有想过找人照顾你？”

“别动！”

何诗宜吓了一跳，手缩了回来。夏默似乎意识到自己的声音有点可怕，缓和了一下说：“我们走吧。”

“去哪儿？”

“你不介意开一次长途吧？”夏默回答问题的方式，就是提出另一个问题。

何诗宜叹了口气，“好像我介意就有用似的。”

“走，我换件衣服就来。”

何诗宜还没有反应过来，就看到夏默向旁边那间黑暗的卧室走去，他在进门的瞬间扯下了围在腰间的浴巾，露出一闪而过的全裸背影，何诗宜探着头向里面望去，只看到漆黑一片。

5

“你还没告诉我，你为什么要看那个卷宗呢。”

汽车上路以后，何诗宜对夏默提出了心里的疑问。她手握方向盘目视前方，旁边夏默身上的香水味已经消失了。

“那是一面镜子。”夏默说。

“镜子？”

夏默没有回应，何诗宜对此早已习惯了。然而在她继续开出去一段路以后，还是没有想明白夏默这句话的意思，正想继续追问的时候，副驾驶已经传来一阵轻微的鼾声。

夏默的身体下滑了一点，被安全带固定着，右手撑在车门上托着头，垂落的发丝盖住了半张脸。夏默此时终于不再像一只危险的野兽，更像一个疲惫的旅人。

何诗宜发现，自己有时候会忘记，夏默也是一个普通人，甚至是一个可怜的人。他失去工作，失去爱人，失去家乡。他一生的宿命就是进入一个又一个人性黑暗的中心，时至今日，这样的宿命都没有放过他。

当然，他也没有放过这样的宿命。他喜欢这样，只有这样才能让他觉得自己活着。

路途还很远，何诗宜紧紧握住方向盘，希望自己尽量开得平稳一点，不要打扰到睡梦中的人。

刚进入上川镇的边界，夏默就准时睁开了眼睛，他的头脑里仿佛装着一台闹钟，不会错过任何事。

除了那晚喝醉后，没有重返律师事务所，而是住进了一个陌生女人的家里。何诗宜警告自己不要回想这件事。

“接着怎么走？”何诗宜问。

夏默为她熟练地指路，好像自己是个本地人一样。上川镇的路很难走，弯弯绕绕，崎岖不平，何诗宜放慢车速，最后在一个斜坡前停了下来。

“下车，”夏默解开安全带，“剩下的路要步行了。”

他们走进一间灯光昏暗的杂货铺，很难一句话概括这究竟是一家怎样的店面，这里出售香烟和零食，也出售五金工具和露营装备。灰尘落在陈旧的货架上，屋内安静得让何诗宜也下意识地屏住呼吸。

一名老者从内间的一扇门后出来。老人身材佝偻，头发花白，穿着青灰色的布衫。

“要买点什么？”他问两人，却忽然停住脚步，愣愣地看着夏默。

“你怎么又来了？”老人问。

“你们认识？”何诗宜问。

两个人都没有回答她，而是同时看着对方。老人本就身材矮小，加上已经直不起来的腰背，高度只有夏默的一半。

“这里的生意不太好。”夏默说。

老人微微点点头，“镇上人少，就剩下街坊邻居偶尔来买点东西。”

“不考虑做点什么别的吗？”夏默问。

“还能做什么？”老人说，“我都这把年纪了，有个营生就算不错了。”

“把那栋房子卖了还能得到一笔钱。”夏默将目光从杂货铺狭小的窗户望出去，看着石板路对面锈迹斑斑的铁门，“虽然是栋老房子，也够你养老了。”

“反正你也不会回去住。”夏默接着说。

老人惊恐地看着夏默，向后退了两步，他抬起头看着夏默没有表情的脸，“你到底是谁？”

“我不是跟你说过了吗？我是你女儿的男朋友。”

“谁？”何诗宜叫了一声，“男朋友？谁男朋友？”

“你在撒谎。”老头说，“你上次来我就怀疑你了。”

“所以你承认江雪是你的女儿了吗？”

老头似乎意识到了自己的失语，“我的意思是……”他想找个理由，发现自己已经错过了最佳时机。“不是的……”老人咬着牙挣扎着说，“她不是我的女儿。”

“但她是你妻子的女儿。”

又一阵静默。

“你到底想干什么？”许久的静默以后，老头似乎放弃了抵抗，他意识到自己太老了，老到已经无法在这个年轻人面前故作强势。

“我是一个警察，”夏默说，“我希望你能相信我，我是为了找到杀害江雪的凶手才来的，我需要你告诉我真相，告诉我当年发生过的事情。”

他们走进杂货铺内里的隔间，这里只有一张简陋的板床，板床旁边是一个圆形的煤炉，上面连着铁皮烟囱，看起来并不安全。杂货铺的大门已经锁上了，老人坐在煤炉旁边，夏默与何诗宜坐在嘎吱作响的板床上，老人点上一根烟，神情疲惫。

“她妈刚怀孕的时候，”老头解释说，“也就是我老伴儿，我就知道不对劲，这个孩子不是我的。”

“当年她年轻漂亮，追求的人很多，我是其中最不起眼的那个。我当时不知道她为什么会嫁给我，她跟我说了很多理由，说我善良，说我踏实，说我勤劳，这些我都不相信。但是不相信又能怎么样呢？她是那样一个高高在上的人，一个人会在自己中了彩票之后，追问为什么是我吗？不会的，尽管你会有这样的疑问，但你不会追问下去，你害怕知道真相。”

老头抽了口烟，浓重的烟雾散开在三个人的面前。

“没多久她就告诉我她怀孕的事，我不是个傻子，我在当时已经知道了问题的答案。但我是个软蛋，是个怂包，我接受了这个答案。我看着她的肚子一天天变大，那里面不是我的孩子，而是我的仇恨，我想知道那个男人是谁，却不敢问她。我怕问了以后就会失去她。直到生产的那天，我看着那个女婴，心里的确闪过一丝善念，想要把她当作自己的孩子，跟她过一辈子。但是这个善念很快就消失了，她虽然只是个婴儿，但是眉眼间却只留下了她母亲的痕迹，我在她身上找不到一点与我有关的东西。那时候我开始感到害怕，我怕自己会亲手将这个仇恨越养越大，大到我自己也无法控制的地步，当时我就做出了一个决定。”

“你要扔掉这个仇恨。”夏默说。

老人疲惫地点了点头，一截长长的烟灰掉落在地，“虽然生产的医院在千山，但是她还是同意了和我回到镇上生活。那天我开着车，她在车里睡着了，完全不知道她的女儿已经在中途下了车，留在了那家孤儿院的门口。她后来发现的时候几乎要疯了，我骗她说孩子一定是中途停车的时候被人偷走了。她失去了理智，甚至都没有怀疑到我身上。我们开始沿路寻找，四处询问，当然回去的路线并没有经过孤儿院。我们也不可能找到那个长得像她的婴儿。”

“那她后来是怎么知道的呢？否则她不会离开你。”夏默问。

“只有一句话，”老头说，“那时候已经过去了好几年了，我猜那个女婴也应该到了能玩耍打闹的年纪。我本来以为时间能抹平她的伤痛，但是我错了，她每天活得像鬼一样，她失去了她的美貌，而我也意识到，我就快失去她了，所以我跟她说，我想再要一个孩子，一个属于我们自己的孩子。”

何诗宜摇了摇头。

“我不知道当时自己是怎么想的，但是说出来的瞬间，我知道我招供了。我到今天还清楚地记得她当时看我的眼神，那不是愤怒，也不是仇恨，而是恐惧。那一刻我知道，虽然坚持了这么多年，一切还是都结束了。”

“你们离婚以后，她就回去找江雪了？”

老头点点头，他的烟已经烧到手指，重新点燃一根以后，他说：“那也许是我最后的善良吧，也可能不是，也许因为我只是害怕自己要负法律责任，所以我告诉了她那个孤儿院的名字，然后就离开了她。后来我听说她在不久后就把女儿带回来一起生活了，我很想回来看看她们，却又不敢。一过很多年，我听说她的女儿又走了，出去工作了，就再也没有回来。”

“后来你就在对面开了这间杂货铺？”

“那是很后来的时候了，我听说她病了，回来照顾她，她也接受了。可能人老了就是会这样吧，以前的很多仇恨都自然地放下了，但我依然不敢问她，为什么女儿不回来看她。我们谁都没有再提这些事，一直到她最后走。”

“你上次跟我说，葬礼的那天江雪回来过。”

“回来了一次，已经是个大姑娘了，年轻漂亮。我们没有说过话，她当天就走了。想不到这一走，就再也回不来了。”

烟雾缭绕在这个局促的隔间里，让人睁不开眼睛，何诗宜听着他们的对话，眼前展开了当年的情景。在她模糊的记忆里，孤儿院除了自己和闺蜜，的确还有第三个女孩，那个女孩很早就不在了，而她也是在过了几年之后，才知道“领养”这个词的。

想不到那个女孩就是江雪，一个曾经和她一起长大的人，如今变成了她负责案子的受害者。

老头双手捂着脸，垂下头去，他看起来非常痛苦。

“这个丫头，她恨也应该恨我，为啥不管她妈呢？”

“因为她的母亲从来没有告诉过她，她是怎么被遗弃的。”夏默说。

老头抬头，睁大了眼睛看着夏默。

“起初她以为自己只是一个被领养回来的孤儿，但是这个秘密又能保持多久呢，她的亲生母亲怎么会希望自己的女儿，一直把自己当作养母看待？她说了真相，但只是一部分真相，但这已经足以让江雪明白一件事——她曾被遗弃过。”

“你是说……”老头的声音开始哽咽，他的身体在颤抖，手里的香烟几乎就要跌落。

“没错，”夏默面无表情，“她为你隐瞒了下来，我不知道隐瞒的理由是什么，也许是对你的愧疚，也许是不想让仇恨继续生长，我不知道，现在已经没有人能够知道了。”

老头忽然跪倒在地上，跪倒在煤炉旁落着炉灰的地面上。他本就弯曲的腰背在继续萎缩，剧烈而痛苦的哭声被关在这个隔间中，成为他后半生的底色。他继续躬着身体，继续萎缩下去，像一个在时间面前逆流而上的人，拼命地回到自己的婴儿时期。

6

回去的路上太阳落下山，城市、小镇和中间连接的荒原，在同一时刻进入了黑夜。汽车打开前灯，在静默中前行。

“想不到他最后还是拒绝了那笔钱。”何诗宜打破沉默。

“他一定会这么做的，”夏默说，“无论是出于愧疚还是出于悲伤。”

他们指的那笔钱是江雪没有捐完的四十万元，老头作为江雪法律上的父亲，有权继承这笔钱。生活清贫困苦的老头，毫不犹豫地决定将这笔钱继续捐给孤儿院，依然在江雪的生日那天，但是要以江雪的名义。

“我该不该问你，”何诗宜看着夜路说，“你是怎么知道这些事的？”

“我说过，我有一面镜子，”夏默说，“很快你就会发现，所有的事情都是一场轮回。”

汽车回到千山时已是夜晚，何诗宜熟练地将车开进夏默居住的老楼前。

“你上楼去等我。”夏默说着，从口袋里掏出了家门钥匙，“我还要去办一件事。”

“什么事情？”何诗宜紧张起来，“我跟你一起去。”

“有些地方并不适合你去。”

“我知道了，”何诗宜沮丧地说，“你去那个女人家对吧？”

“哪个女人？”

“你也学会装傻了？”

夏默疑惑地看着何诗宜，这个表情让何诗宜渐渐放松下来，她知道夏默还没有装傻的能力，又对自己刚才的怀疑感到羞愧起来。

这种羞愧持续了几秒钟，又再次被紧张所代替，“你到底要去哪儿，不会有什么危险吧？”

“我不知道，所以我才不想让你一起去。”

何诗宜的心里掠过一丝温暖，“你怕我陷入危险？我们不是早就说好了吗？”

“还记得你对我提过的条件吗？”

“一幅画。”何诗宜说，“这是我们的暗号，但你当时并没有答应我。”

“现在我答应你，当我真的需要你去面对危险的时候，我会为你画一幅画，”夏默下了车，把钥匙留在副驾驶的座位上，“不过在那之前，我需要你保护好自己。”

何诗宜听话了。

关于危险的话题只是其中一个理由。另外一个理由是，夏默现在要去的地方不适合出现警察，特别是何诗宜这样的新手警察。而他则不同，他既不是一个新手，也不是一个警察。

爬上逼仄的楼梯，夏默找到记忆中的那扇门。他有节奏地敲门，三声，两声，三声。

门内响起一个浑浊的声音，“谁？”

“你订的外卖到了。”夏默说。

“你送的是什么？”

“一份12寸的比萨，一份意大利面，还有两罐无糖可乐。”

门开了。

门内的人显然吓了一跳，那人的脸上有一道不浅的疤痕，“我没有见过你。”疤痕男说。

“难道这里不欢迎新客人吗？”

“除非有人邀请。”疤痕男堵住门口，“我们是会员制。”

夏默隔着屋内缭绕的烟雾，在里面的一张牌桌前看到了周永山的身影，“是他邀请我来的。”

疤痕男对着夏默看的方向甩了个眼神，旁边的另一个人心领神会，迅速走到了周永山的旁边，两个人在低头私语。门口的疤痕男尽量将门关闭，夏默一只脚倚在门边，力量的差距让他很轻松地留下一道缝隙。周永山回头向夏默的方向看去，夏默对他伸出一只手，像个老朋友似的打了个招呼。他看到周永山在犹豫，几秒钟后，几个人相视点头，夏默成功走进屋子。

夏默走到周永山旁边，看到他在玩黑杰克，也就是21点，他的筹码已经所剩无几。

他决定先把周永山手上的筹码赢走再说。

几局过后，周永山身旁的筹码不但没有输光，反而更多了一些，而夏默也把自己身上仅有的一点钱用完了。他看到周永山脸上难以抑制的笑容，猜想自己也许是这个地下赌场里，唯一输给他的人。

“输光了，”夏默对周永山说，“我们还是聊点别的吧。”

“输光了就赶紧走，我还没玩儿够呢。”

“我可不是来送钱的。”

“我知道你不是，你是那天站在我家门口的人，你跟踪了我。”

“作为一个赌徒来说，你还不是最笨的。”

“也不是输得最惨的一个。”周永山鄙夷地看着自己手里的筹码，那里面的一部分来自夏默。

“没错，”夏默的声音又低了一些，“但你肯定也不想变成唯一一个邀请警察进来的人吧。”

周永山一愣，停下了手里的动作，“是你！”

离开地下赌场，夏默和周永山走进这个偏僻的小区里一个无人的角落。

“上次在我家门口看到你的时候，我就觉得在哪里见过你。”周永山说，“你是在刑侦队里，坐在我对面的那个警察。”

“你还真是健忘，毕竟我们当时谈了很久。”

“不是跟我谈。”

“没错，”夏默表示同意，“跟我们说话的一直是你女儿的未婚夫，哭泣的是你的妻子，而你脸上只有不耐烦。”

“不耐烦也归警察管吗？”

“赌博归警察管。”

“你……”路灯下，周永山看起来有点紧张。

“别害怕，”夏默指了指楼上的地下赌场，“我对抓这些人没有兴趣。”

周永山将信将疑地看着他。

“但是如果你不老实回答我的问题，我也不能保证自己不会回来看看，毕竟那里的人已经知道我是你带进去的了。”

周永山的眼神变为愤怒和无奈，“你要问什么？”

“你为什么要对你的妻子施暴？我见过很多家庭暴力的案子，但你不像是那样的人。”

“我如果跟你说，我从来没有打过她，你相信吗？”

“我相信，我说过，你不像是那样的人。”

突然之间，周永山看起来像是一只受伤的动物，正躲在角落里舔舐自己的伤口。

“我砸过家里的东西，也狠狠地骂过她，但我从来没有对她动过手。”

夏默点点头。

“而且，好几次我都觉得，她可能会杀了我。”周永山说，“这不是她的错，是她受不了我，但我无法控制自己。”

“说下去。”

“我是喜欢赌钱，但和里面那些人不一样，我没有外债，更不借高利贷，我的赌瘾仅限于一点小钱。后来我给自己找了个理由，就是从她的手里拿钱，你要相信我，钱不是我真正的目的，我没有因为赌博倾家荡产，我只是想让自己对她的愤恨，有一个合理的出口。”

“你会相信一个赌徒吗？”周永山看着夏默的眼睛问。

夏默没有说话，他看到周永山的眼里闪过一丝失望。

“这一切都是因为你的女儿吧。”夏默说。

“你都已经知道了，为什么还要来问我？”

“我并不能确定，”夏默说，“刚才在里面玩21点的时候你也看到了，我不是一个优秀的预测者。”

“我的女儿……”周永山喃喃地说，“我的女儿……”

现在夏默确定了。

“你是什么时候知道周晚晴不是你亲生的？”

周永山发出一声无奈的自嘲声，“在很多人都知道以后。总是有人议论，周晚晴跟我长得一点都不像，久而久之，一些传言就出现了。那时候我还没有在意，只是对那些嚼舌根的人感到愤怒。后来我发现我老婆每次在听到这样的传言时，表现得都很不正常，我偷偷做了亲子鉴定，结果就不用说了吧。”

“你后来是怎么接受的？”

“钱，还能有什么。”周永山接着说，“那个男人打来了一笔钱，我只是一个小公司里的职员，没日没夜地上班，从来没见过那么钱。”

“就是这笔钱把你带到了这里？”夏默看着楼上的地下赌场。

周永山点了点头。

“那笔钱很快就输光了，但是我还是要说，我的赌瘾仅限于自己的钱，我没有外债，更不借高利贷。但是前一段时间我才知道，原来还有一笔我不知道的钱，我老婆用那笔钱给周晚晴买了房子。现在周晚晴死了，那个房子没用了，我想把它卖掉，然后，然后……”

“然后回到这里。”夏默说。

“我是不是一个人渣？”周永山认真地看着夏默。夏默注意到他的眼中有泪水涌出，这是他今天第二次见到人哭了，两次都是男人。

夏默依然没有回答他，起身离开。

7

夏默发现门没有锁，他轻轻拧开，房间里只有一片黑暗。黑暗激活了他头脑中的警铃，他缓步上前，却无法阻止凹凸不平的地板发出声响。多年的肌肉记忆让他不自觉地将手伸向腰间，这才意识到自己早就没有了配枪，他保持着这个姿势，继续向黑暗深处试探。

他觉得自己犯了一个错误，因为最安全的地方，也可能是最危险的地方。而他还没有将那幅画交给何诗宜。

窗外传来阵阵风声，他借着风声的掩护来到卧室门前，用两只手指推开吱呀作响的木门，木门后面什么都没有。夏默继续向另一个方向走去，穿过厨房来到浴室前，他的眼睛已经在此时完全适应了黑暗，这让他的心里逐渐踏实了下来。

不止如此，真正让他放心的原因，是他听见了浴室里，何诗宜婴儿般的呼吸声。

夏默长舒一口气。

“你回来了？”

夏默听见黑暗中的问话，“哦。”他低声说，不想打破这份宁静。

“你找到我的项链了吗？”

“什么？”

夏默问了这句话以后，才意识到刚刚只是何诗宜在说梦话，她均匀的呼吸声再度传来。夏默在浴室里席地而坐，他打算就这样休息一会儿，直到何诗宜真正醒来，他不是很赶时间。

夏默在一声尖叫中惊醒。

当视线变得清晰以后，他看到何诗宜站在面前，脸上的余怒未消。“你吓死我了，”何诗宜说，“回来了怎么不说一声？”

“睡在浴缸里的感觉怎么样？”夏默问。

何诗宜别过脸，夏默看了看时间，已经是早晨六点了。

“我一直在等你，不知不觉就睡着了，我担心你会出事。”

“现在你可以放心了。”

何诗宜的嘴角微微上扬，露出一个克制的笑容。她在夏默的眼神中寻找自己的身影，忽然像是意识到什么事情似的，跑到镜子前整理头发。

“刚睡醒，没洗头没洗脸的，太丢人了。”

夏默站起来，脱掉了上衣，何诗宜看着镜子里的他。

接着，夏默脱掉了沉重的皮靴，扔到浴室外面，上身仅剩的一件灰色底衫被他从领口扯下，古铜色的赤裸身体再一次毫无保留地展开在何诗宜的面前。何诗宜看着镜子，感到脸颊发烫，她看到夏默在继续解开腰间的皮带。

“你干吗呢！”何诗宜喊了一声。

“洗澡啊，怎么了？”

“那你说一声啊，”何诗宜往门口走，步伐缓慢，“我出去了。”

“一起洗吧。”夏默说。

当何诗宜再转过身的时候，她看到夏默全身上下只剩下一条黑色的四角内裤紧紧地包裹着臀部，她迅速移开视线。

“一起洗吧。”夏默重复说。

“你这人怎么这样？”何诗宜的语气里带着怒气。

内心的困惑、焦虑与紧张，让何诗宜没有注意到夏默已经悄无声息地站在她身边。

“我有话对你说。”

不知为何，夏默的语气让何诗宜重新冷静了下来。

“我跟你说过的吧，”夏默指着浴室镜子中的自己，“找到那些线索的人不是我，是他。”

“他？”

“镜子中的我。”

无论该放松还是该失望，现在何诗宜已经回归到了案件中，她在等待夏默的进一步说明，这是他们共同调查案件以来，夏默第一次主动对她解释。

“这个案件从一开始就很奇怪，”夏默的声音在浴室中回荡，“表面上看，凶手想要制造死者上吊自杀的假象，但是我们都知道，对于现在刑侦技术来说，区分是否为上吊自杀是很简单的事情。”

“你是说，凶手并没有想刻意隐瞒谋杀？”

“对。”

“他为什么要这么做？”

“这也是我一开始就忽略的问题，”夏默说，“我们只是根据经验，在有限的线索中追查，现在想想，我们追查到的东西都是什么呢？江雪家里的现金和一整箱除烟喷雾，周晚晴的广告方案与香奈儿5号香水，这些线索都让我们——或者只是我，想当然地去寻找一个与这两个女人有钱色交易的人，而那个人也刚好失踪了。”

“蔡星河。”

夏默点点头，“没错，蔡星河从任何角度来看，都是我们不得不找到的人，不仅是因为这些线索都指向他，也因为他符合我最初对凶手的侧写。”

何诗宜知道，此时夏默正在诉说一段失败的经历。

“寻找蔡星河的过程我不想多说，”夏默的表情看起来很沮丧，“我们的笨拙超过了对方的想象，以致对方不得不留下一点线索给我们。他用蔡星河的信用卡消费，在便利店的监控器前表演，只为了给我们留下足够多的位置信息。我想如果我们再找不到，他就要直接给刑侦队写信，投诉我们办案不力了。”

“凶手为什么一定要让我们找到蔡星河？让他做一个消失的替罪羊不是更好吗？”

“这是凶手的执念。”

“执念？”

“对，艺术家的执念。”

艺术家。何诗宜记得夏默曾经这样形容凶手，她想起夏默当时在言谈中，难以掩饰对凶手的欣赏。

“凶手一定要这样做，这样才算完成。”夏默说，“他在制造一面镜子。”

8

夏默问何诗宜，“你还记不记得，我们在派出所里，又见到了那个倒霉的仓库管理员。”

何诗宜点点头，“范义昌，他以前被认为是江雪案的嫌疑人，因为他在案发当天去了江雪的家里，偷走了江雪的内裤，后来还重返案发现场。”

“没错，”夏默说，“当时我一直想不通他为什么要回到现场，直到后来我们再一次在派出所里找到他。”

“他涉嫌偷盗夜总会的洋酒。”

“是的，只有涉嫌而已。”

“你是说……”何诗宜已经想到了。

“真正偷那些酒的人是江雪。她是个聪明人，知道怎么像操纵提线木偶一样操纵男人，她一步步将范义昌带回家里，脱掉了范义昌的外衣——这对她来说是再简单不过的事情了，并在范义昌去浴室里解决自己的生理需求的时候，拿走了洋酒仓库的钥匙。”

“所以范义昌回到现场，是去找钥匙？”

“对，但是他并没有怀疑到江雪头上，包括夜总会里也认为零星几个投诉假酒的顾客只是为了闹事，直到后来投诉越来越多，他们才真正怀疑起来，后面就是范义昌进入派出所的事了。”

“我记得当时还有一个插曲，”何诗宜说，“就是范义昌在你的追问下，气急败坏地说自己杀了江雪。”

夏默无奈地点点头，“越是像他那样懦弱卑微的人，越在内心渴望干一些惊人的事情。我知道他的这种心理，却不知道不该去戳破他，这样只会让他失控。”夏默揉了揉脸，擦掉懊恼的表情，“我太不了解人的痛苦了。”

何诗宜看着他。

“但是当时我们确定的事情有两个。”夏默接着说，“第一，江雪的钱来自她偷窃洋酒赚到的‘外快’，而不是什么钱色交易；第二，江雪还有同伙，她要做的就是得到仓库钥匙后，交给躲藏在暗处的同伙，并尽量拖住范义昌，等待同伙完成工作。”

“而这个同伙很有可能就是凶手，”夏默说，“他在当天藏在江雪的家里，却没有留下任何痕迹。这也是江雪为什么敢把范义昌带回家里，而不怕自己遭遇危险的原因，因为暗处有人可以保护她。还有，范义昌说当天江雪让他帮忙搬一个很重的箱子，现在来看，那个箱子里的东西就是——”

“除烟喷雾。”何诗宜说。

“没错，一切都是让我们去寻找蔡星河的安排。”

“那周晚晴呢？”何诗宜问，“也是安排吗？”

“不，周晚晴和江雪不同，她是真正认识蔡星河的人，所以我推测凶手也正是因为这个原因，才建立起江雪与蔡星河的关联。他在案发现场留下的所有证据，以及对侧写的误导，都在我们发现周晚晴与蔡星河的关系以后完成闭环。”

“周晚晴和蔡星河是……那种关系吗？”

“不是，”夏默说，“蔡星河已经死了，我不知道他是否曾经想要过那种关系，但即使如此，也永远不可能发生。”

“为什么？”

“因为蔡星河的妻子，或者说，因为他妻子的家族。蔡星河表面上看是个家财万贯的企业家，然而实际上，他所有的成就都是因为背靠着妻子的家族。人前风光的蔡星河，其实生活在牢笼里，他要忍受妻子的洁癖，忍受自己的烟瘾，所以他才会亲自出演那个看上去幼稚可笑的广告，因为那个广告中懦弱卑微的中年男人，就是他自己。”

“所以周晚晴并不是因为什么特殊的方式通过了广告方案，而是因为蔡星河真的喜欢那个广告，或者说真的受到了触动。”

“我不知道他们之间是否互有好感，”夏默说，“但是就算有，现在也都结束了，永远地结束了。我相信在他们都还活着的时候，唯一的表达，就是作为礼物的一瓶香奈儿5号香水。”

“你是说，凶手大费周章地做这些事，只是想制造一个蔡星河同时包养了江雪和周晚晴的假象？”

夏默点点头。

“凶手为什么要这么做？”

夏默指了指面前的镜子，“因为这个。”

“因为镜子？”

“因为镜子，”夏默说，“蔡星河的死，并不是凶手想要毁灭证据，而是一开始就在他的计划中。虽然蔡星河的死亡方式和前两个人不同，但这却是必要的。你回想一下这些尸体的陈列方式，一种吊在空中，另一种是颅骨遭到重击，是不是和你以前见过的某个案子很像？”

“那个卷宗，”何诗宜说，“冰淇淋案的卷宗。”

“一切都是镜像。”夏默说。

他们在浴室中彼此对望，何诗宜已经全然接受了面前的夏默浑身赤裸只穿着一条内裤的形象。她的头脑在复述着发生过的所有事情，所有的点，正在连成线。

“事实证明，凶手在根据当年的冰淇淋案的相关人物寻找猎物，”夏默说，“我也曾经去调查过江雪和周晚晴的关系，她们彼此并不认识，但是却有着更深一层的关系，这个关系在我今天回来之前得到了验证。”

何诗宜等着他说下去。

“他们拥有同一个父亲，确切地说，她们各自的母亲曾经跟同一个男人发生过关系，只是后来那个男人消失了，她们并不知道这些秘密，过着各自的生活。然而有人却知道这一切，那个人就是凶手。”

“你回想一下蔡星河，如果一切都是镜子中的倒影，那么蔡星河这个人，一个有污点的企业家，像不像另外一个人？”

“陈万里曾经的老板，”何诗宜说，“因为洗钱案潜逃的企业家。”

夏默抬起头，看着浴室的天花板。

“当年吊在水管上的人就是他？”

夏默没有说话，何诗宜知道自己的猜测，正是他心里的想法。

“他偷偷留下了两笔遗产，我相信是通过陈万里去操作的，江雪的母亲和周晚晴的母亲各自得到了100万，这也是为什么江雪的母亲会有陈万里手机号码的原因。江雪继承了母亲的这笔钱，也就是后来孤儿院每年收到的捐款，而周晚晴母亲的这笔钱，则用来购买了周晚晴的婚房。”

“竟然是这样。”何诗宜叹了口气，她跟夏默一起坐在浴缸的边沿上，抬头看着头顶的空洞。

“但是……”夏默忽然变得迟疑起来，“凶手算错了一件事。”

“什么？”

何诗宜从未见过夏默这样犹豫过，这让她也不由得再次变得紧张。夏默从她的旁边站起来，步伐缓慢地走向他脱掉外套的地方，他拿起外套说，“我在深夜的时候，去了那个我之前错过的地方。”

“陈万里的律师事务所？”

夏默点点头。

“然后呢？”何诗宜等待着。

“江雪的验尸报告告诉我们，她本人是O型血，我在曹英红的家里看到了她的献血证，同样也是O型血——这当然没有什么问题。然而问题出在另一人身上，如果你还记得冰淇淋案的卷宗，那具验过DNA的男尸，也就是我们推测的江雪的亲生父亲，他的血型是A型，其中基因型是AA型。”

“也就是说……”

“如果江雪父亲的基因型是AA，那么江雪只能继承一个A基因，而她母亲的O型血，也就是说，基因型是OO型，江雪也只能从母亲那里继承一个O基因，让自己的基因型为AO型，其中A是显性基因，O是隐性基因。那么江雪的血型只能是A型血，不可能是O型血。”

“凶手从一开始就杀错了人。”何诗宜说。

“是的，”夏默说，“问题是，为什么会弄错？给我答案的是江雪法律上的父亲，也就是我们上次见过的那个老头。他曾经把江雪遗弃在孤儿院的门口，过了几年以后，江雪被曹英红重新找回。那时候一个婴儿已经长大了，从外貌上很难辨清这是不是自己的女儿，而且当时的弃婴又没有任何身份信息，那曹英红是怎么确定的呢？我想起来我在曹英红家里看到她的一张照片，照片中的曹英红，戴着一条金色的项链，项链的下面，挂着祖母绿的吊坠。”

何诗宜已经说不出话了。

“显然陈万里在江雪死后，得知了江雪的血型，和我想到了同样的问题，他也在偷偷调查这件事，希望找到曹英红真正的女儿，”夏默把手伸进上衣的口袋里，拿出来一张纸递给何诗宜，“我在陈万里上锁的抽屉里找到了这个。”

何诗宜打开那张纸，怔怔地盯着，时间静止，浴室里只有回荡的心跳声。

“这是——我？”

“你还记得你在孤儿院里，丢过一条项链吧。”

这把日产的Fender Telecaster吉他，是夏默在25岁生日的时候收到的礼物。送他这把吉他的女孩已经离开了他，在另一个世界里永远年轻着。

这让夏默想到，自己曾经也是一个对很多事情都充满兴趣的人，弹琴、绘画，甚至还有阅读和旅行。曾经的他也能感受到这个世界里最普通的幸福。

夏默并没有真正练习过吉他，只是偶尔拿出来作为思考案情的辅助。如今连这个辅助也不需要了，吉他被他带到了千山，承受着落满灰尘的命运。夏默轻抚琴身，调准琴弦，想要弹奏一些记忆中乐曲的段落，他发现自己的手指已经僵硬得不听使唤，他在心里苦笑了一声，无奈地放下。

这把吉他的使用者之一，是碰撞乐队（The Clash）的吉他手Joe Strummer，这支乐队和那款昂贵的旅行箱的品牌重名。现在那款旅行箱就放在夏默的旁边，箱子虽破旧但依然坚固，贴着各种摇滚乐队的贴纸。这个箱子被他用来装自己仅有的几件衣服和很多的摇滚唱片，他就带着这些东西来到了千山。

他并不需要更多的东西，他的人生已然如此。

夏默很想弹琴，这种欲望在体内燃烧着，但是本就生疏的技艺与被荒废的时间，让他怎么都无法实现。

他需要一个高手的帮助。

非常需要。

第九章

1

夏默是在手机铃声中醒来的。他在浴缸中睁开眼睛，感到身心俱疲。两天前，当他在这里与何诗宜说完那些话以后，何诗宜就像空气一样消失了，他知道自己不该打扰她，也在想是不是做错了什么事，那些事——包括后来的一些事，是不是不应该告诉她？那张纸是不是不应该给她看？

这些问题困扰着夏默，直到现在这个电话的打来。

“是我。”夏默说。

“你知道吗？”何诗宜在电话里的声音很含糊，“这是你第一次在接电话的时候主动说话。”

“你喝醉了？”

“我没有。”

夏默知道何诗宜在说谎，或者说，她不知道自己在说谎。

“你在哪里？”

“你在担心我吗？”

夏默没有回应。

“哪怕一次也可以啊。”何诗宜说。

“什么意思？”

“你不懂女人，”夏默听到了一个熟悉的评价，“在我问你是不是担心我的时候，你哪怕是骗我，哪怕只说一次，‘是的，我是在担心你’，这样也好啊。”

“我是在担心你。”夏默说。

何诗宜笑了，典型的喝醉酒的人会发出的笑声。

“你在哪里？”夏默又问了一遍。

“还能在哪儿？”何诗宜反问，“就是你常来的那个，叫什么枪……”

“枪与玫瑰。”夏默的声音明显放大了一些。

“对，玫瑰。”

“你为什么在那儿？”

“还能为了什么，”何诗宜说，“当然是和你一样的理由。”

夏默知道自己每次去枪与玫瑰喝酒时的心情。

“你能不能……”何诗宜在酒精的作用中问，“陪我一会儿。”

半个小时以后，夏默找到了喝醉的何诗宜。

她没有穿警服——当然没有。何诗宜趴在吧台上头发散落，面前放着一杯玛格丽特，世界上最不容易灌醉人的酒之一。夏默无声地靠近她，坐在旁边，在酒保走近的时候说了声，“教父。”

“你还好吧？”夏默的一只手搭在何诗宜的肩膀上，发现她的肩膀在抖动，她并没有睡着，而是在抽泣。

下午的枪与玫瑰，没有太多的顾客，也没有演出的乐队，远处飘来莱昂纳德·科恩沧桑的歌声。

“你为什么要告诉我那些事？为什么？”

夏默没有回答，因为这两天以来，他也在问自己同样的问题，为什么？

他还没有找到答案。

“我送你回去吧。”夏默说。

何诗宜趴在自己的手臂上，摇了摇头，“陪我待一会儿，好吗？就一会儿。”

夏默同意了。

时间在莱昂纳德·科恩的歌声中平稳地流逝，他们谁都没有再说话。夏默看着自己眼前的这杯酒，知道现在还不是喝下它的时候。过了不知道多久，当酒吧里播放的这张唱片再次从第一首歌开始循环的时候，何诗宜抬起头，她的眼圈红肿，头发凌乱，从一个刑警变成了一个可怜的女孩。

“我这个样子是不是很丑？”

“还好。”

“你就不会骗骗我吗？”

“好的，”夏默说，“不丑。”

何诗宜白了夏默一眼，她看起来似乎清醒了一点。忽然，夏默看到何诗宜的眼神飘向自己的身后，“她怎么来了？”

夏默转过头，看见两个熟悉的身影。

崔研一也在第一时间看到了夏默，伸出手热情地和他打招呼。夏默注意到崔研一的状态比上次好了很多。

“你也在这儿啊。”崔研一说。

夏默想起来，崔研一最喜欢问一些已经知道答案的问题，比如上次在她家的那句“你醒了”。

跟随崔研一一起走近的是另一个夏默认识的人，然而这个人并不认识他。崔研一自然地坐在夏默旁边，指着夏默对一起来的男人说：“我给你介绍一下，这位就是我提到过的，上次陪我喝酒的人。”

“并且住在了你家。”何诗宜说。

崔研一似乎没听到何诗宜的说话，也可能是聪明地装作没听到。她继续对男人说：“他特别喜欢绝缘体乐队，每次演出都来。”

“谢谢捧场。”男人说，“我叫姜一晨，是绝缘体的主唱。”

夏默对姜一晨点了点头。

“我早就想介绍你们俩认识了，”崔研一说，“我觉得你们很像。”

“你了解他吗？”何诗宜说。

崔研一笑了笑没接话。

场面陷入尴尬，说起来无论是崔研一还是姜一晨，他们对于夏默来说依然都是陌生的人。酒保将另外两个人的酒呈上，夏默对姜一晨说：“你吉他弹得很好。”

“谢谢，”姜一晨说，“你弹吉他吗？”

“曾经弹过一阵子，但我不是一个努力的人。”

姜一晨笑了笑，“我们没有必要在生存以外的事情上付出太多的努力。”

“哇，你说话很有水平嘛。”崔研一笑着说。

“说来很巧，”夏默说，“我那把吉他和你的一样。”

“是吗？”

“日产的Fender Telecaster，非常干净的音色。”

“同道中人。”

“还有很多我喜欢的摇滚吉他手，也使用这把琴，John 5、Bruce Springsteen、Slash，”夏默停顿了一下，“还有碰撞乐队的Joe Strummer。”

“你很懂行啊！”崔研一很自然地拍了拍夏默的肩膀。

何诗宜愤怒的眼神一闪而过，“你今天话很多，不像你。”她对夏默说。

“你最喜欢哪个吉他手？”夏默仿佛没有听见两个女人的说话，继续问姜一晨，“我指的是所有Fender Telecaster的使用者中。”

“哦，”姜一晨思索了一下，“你说的这些我都很喜欢。”

夏默点了点头，“是吗。”

他们继续聊着摇滚乐的话题，何诗宜注意到，今天的夏默特别不正常，他活跃、兴奋、滔滔不绝。这让她不禁会想，也许这才是真正的夏默，这才是他真正喜欢的东西，而自己，以及与自己有关的一切，从来都不在他感兴趣的范围中。

不过何诗宜手里还有一张牌。

“你还记得你曾经答应我一件事吗？”何诗宜打断正在说话的夏默。

“什么事？”

“这么快就忘了？”何诗宜生气地说，“你答应过我，要单独请我喝一次酒，而且你说——”何诗宜眼神闪烁，“那算是一次约会。”

崔研一笑着看着他们。

“这次不算吗？”

“这是单独吗？”何诗宜问，“还有，这算是约会吗？”

“我不太懂什么算是约会。”

“浪漫的，有情调的。”何诗宜说。

“你说了两个我更不理解的词。”

“那你说过的话还算不算了？”何诗宜的眼圈再次泛红。

“当然算，”夏默看着她，“当然算。”

“浪漫的，有情调的。”

“我会尽力。”

“你把这杯酒干了，”何诗宜指着夏默眼前的那杯教父，他还没有碰过，“喝掉就算承诺生效。”

夏默知道这杯酒喝下去会有什么后果。

所以他喝了下去。

2

水声。熟悉的水声，就像下雨一样，滴滴答答地从夏默的头顶落下来。这一次夏默并没有像上次一样，唤醒太多痛苦的记忆。他只是如同一座雕塑，看着水滴缓慢地在眼前划过，在白色的瓷砖地面荡起涟漪。

如果说命运进行到此刻，夏默真的得到了什么东西的话，他大概得到的是一颗平常心。一颗无论面对任何事情，无论是否真的有所准备，都能坦然接受的平常心。

他接受的第一件事，就是戒酒计划彻底失败。

夏默关于昨天最后的记忆，是和姜一晨聊到了摇滚吉他手的话题。时间再往后一点，是何诗宜反复强调一次约会的承诺。

接下来就是漫长的黑夜，他知道昨天的自己是安全的，那里有两个愿意把他带出酒吧的女人。他醒来的地方会告诉他昨晚的自己是被谁带走，现在他躺在自家的浴缸里，任凭头顶的漏水打湿身体。

何诗宜，当然是何诗宜。

漏水告诉他，何诗宜来过。

夏默想要给何诗宜打个电话表示感谢，这通常不像是他会主动去做的事情，但是夏默知道，他已经改变了，在很多方面。

现在的问题是，他的手机在哪里？

夏默赤脚走到客厅，在地板上留下一路水印。客厅一览无余，藏不住任何东西，他的那件厚重的外套扔在唱片堆上，夏默将手探进外套口袋，里面除了空气和纤维之外什么都没有。夏默用同样的方式检查了餐桌、卧室里从没睡过的那张床，甚至厨房的洗菜池，最后他确认，他的手机真的丢了。

不过还好，夏默心想，虽然酒精时不时损伤着他的大脑，但他依然记得那个人的电话。

记住一串无意义排列的数字，并不是一个刑警的必修课。夏默也不像电视节目里的天才一样，能够在瞬间展现出超强的记忆力，他记得这个号码的唯一原因是，他欠那个人一个承诺。从未在品行上得到过认可的夏默，身上为数不多的优点就是一定会兑现承诺，现在正是这个时候。

夏默走向公共电话亭，这个电话亭就在附近那间便利店的外面，他每天都会经过这里，但是从未看到过有人使用它。这让他不能确定这个玩意儿是否真的能用，还是已经沦为破旧街区的摆设。

投下一枚硬币以后，听筒中传来忙音，看来这部电话还没有正式变成不可回收的垃圾，夏默根据记忆逐一按下数字键。

“你好。”电话里传来女人的声音。

“是我，”夏默说，“如果你能听得出我的声音。”

“当然，”对方说，“不过这个号码是怎么回事？”

“附近的公用电话。”

“你的手机呢？”

“说来话长。”

“那就算了，”女人说，“你不会无缘无故地找我吧。”

“我还欠你一个承诺。”

电话那头的女人笑了起来，“想不到你还记得。”

“不但记得，”夏默说，“而且已经到了兑现的时候了。”

3

何诗宜回到这里的时候，看到绝缘体乐队正在台上演出。姜一晨站在舞台中间，一束特别为他准备的追光打在姜一晨的身上，让他看起来像是从天而降的神灵。

何诗宜很难将此刻舞台上的姜一晨与几天前坐在她和夏默旁边的那个内敛的男人联系起来。她曾在一些明星的访谈中听到过这样的说法，有的人天生属于舞台，无论他在生活中是一个多么平凡、普通甚至庸俗的人，只要站上舞台，就会立刻变得光芒万丈。姜一晨显然就是这样一个人。

但是今天何诗宜并不是来欣赏乐队演出的，她在等一个兑现承诺的人，她甚至为此精心打扮了一番。何诗宜的职业让她不幸错失了一个女人必备的技能，那就是化妆。她的家里也没有任何像样的化妆品，所以今天当她接到那个令她兴奋的消息以后，随之而来的就是担忧和紧张，但是她很快就想到了另一个擅长化妆的人，她打电话给闺蜜，扭扭捏捏地说出了自己面对的难题，两个小时以后，她带着令人惊艳的着装、发型与妆容，从闺蜜家来到了枪与玫瑰酒吧。

何诗宜坐在她固定的位置上等待着，对上前的酒保表示，自己要过一会儿才会点酒，酒保对她微笑着表示理解。何诗宜看着手表，表盘里转动的指针就像是她的心跳。

砰，砰，砰……

精准的时间是表现浪漫的第一个重要元素。所以人类才会在零点时分准时燃放烟花，在激动的拥吻中迎接新年。或者将恋爱的纪念日，精确到当下的分秒。女人送男人手表，男人送女人记录往昔的相册。

即将属于何诗宜的浪漫，也在等待着属于她的精确时间。她听着舞台上姜一晨的歌声，目光凝聚在手腕的指针上，现在的时间过得异常缓慢，像是拖拉着却不肯前行的孩子。

约定的时间终于到了。

何诗宜将履行她被告知的第一件事，点一杯那个人最爱，也是唯一爱的酒。

现在变成了表现浪漫的第二个重要元素——测试。情侣之间，证明自己关心对方的一个重要仪式就是提问与回答。这些问题通常是一些容易忽略的小事，比如女人常说的“你知不知道今天是什么日子”，比如男人常说的“你还记得我最喜欢的那个球星吗”。

丢给何诗宜的问题是：你还记得那杯酒的名字吗？

她当然记得，从他第一次说的时候，她就记得。

何诗宜抬起手，酒保微笑走来。她在嘈杂的摇滚乐中，俯身对酒保喊了一句，“给我一杯‘教父’。”

“教父？”

“是的，”何诗宜无比确定地说，“麻烦你。”

酒保依旧带着笑脸离开，一会儿金色的酒液装在方口古典杯中放在她的面前。何诗宜深知这杯酒的力量，她曾两次因为这杯酒，将那个高大的男人抬出这里。然而同时，何诗宜也相信自己的酒量并非那么差，即使在几天前，她坐在和现在同样的位置上，很想喝醉的时候，依然在最后保持了清醒的意识。她决定喝下这杯酒，因为这是关于浪漫的第三个要素——冒险。

在许多时刻，感情中的危险，也代表着感情中的深刻。男人为女人流血，女人同男人私奔……即使最怯懦的人，也会在感情中做出平时不敢做的事情。如此看来，喝掉一杯苏格兰威士忌与杏仁香甜酒调制的金色液体，显得并没有那么可怕。

于是她一饮而尽。

现在，只剩下约定的地点了。

这是关于浪漫的最后一个要素——只有我们知道的地方。无论是大学里图书馆的秘密角落，还是承载彼此回忆的餐厅座位……总有一个地方，对于别人来说毫无意义，但对于感情中的两个人却是特殊的存在。这种地方通常都会有一些共同的特点，比如足够私密，比如远离人群，比如无论这里发生什么，都不会有人知道。

何诗宜趁着自己还有清醒的意识，起身向那个地方走去。

酒吧里所有人的目光都聚焦在舞台上，这让何诗宜可以轻松地绕过人群，走在一条没有灯光的黑暗通道里。舞台在这个时候只留下一个侧面，一段复杂的、带有明显炫技目的的吉他独奏，正在撩拨着一阵阵欢呼声。黑暗的通道深处，是更为黑暗的门扉，何诗宜努力保持着清醒，转动门上的把手，果然如之前所说，门并没有上锁，她走进去关上门，外面的摇滚乐声顿时减去了大半。

屋内仍是同样的黑暗，何诗宜不知道自己是否应该去寻找电灯开关，还是应该乖乖地站在这里，等待一个惊喜的出现。至此为止，她已经完成了之前约定的所有步骤，她感到血液里的酒精正在发挥作用，即使黑暗中看不到任何东西，她依然能感觉到视线正在不受控制地变得模糊起来。

她的脚下踉跄，何诗宜下意识地伸手扶了一把，希望能抓到让自己保持平衡的支撑物。她的第一下抓空了，手里只有一团空气，身体顺势倒下的瞬间，她摸到了一个东西，是一个坚硬的，触感冰凉的金属。她觉得这是镶嵌在什么东西上的边角，但她没有更多的时间去思考这个问题。那个物体滑动起来，离开了她的手掌，在地面上发出粗粝的摩擦声。何诗宜失去重心，狠狠地摔在地上。

她感到天旋地转，酒精的作用愈发明显。

这时，她终于感觉到了那个男人的靠近，尽管门外的乐器演奏依然不绝于耳，但她还是觉得自己听到了身后的呼吸声。所剩无几的意识告诉她，她并不是真的听见了呼吸，而是感觉到了压迫。这个压迫感，来自比黑色的房间更黑的人影。

如同一个幽灵。

“你总算出现了。”

何诗宜听到那个幽灵说话了。这是一个她熟悉的声音，尽管她的意识正在变得越来越模糊，但她无比确定，她听过这个声音——不止一次。

“我找了你很久。”那个声音说。

“史强？”何诗宜在黑暗中试探着问，“是你吗？”

4

挂断电话以后，夏默想起自己的浴室里还在漏水，现在大概已经没过鞋面了。他在周身的口袋里探寻，终于找到两枚可怜的硬币，同时找到的还有一张名片。他用硬币再次激活手上几近报废的公用电话，拨通名片上的号码。

“喂，您好。”

虽然这台公用电话的听筒有些失真，但是夏默依然能够听出柳生客气的声音，“是我。”夏默说。

对方似乎迟疑了一下，电话两头都陷入了短暂的尴尬。夏默意识到，最近发生的事情太多了，他已经很久没有跟柳生联系过，即使对方已经将他彻底忘记了，他也不会觉得意外。

“夏默啊，”柳生没有让他失望，“你怎么没用自己的手机，我刚才还犹豫要不要接呢。”

“我也不喜欢接陌生的号码，但是我的手机丢了。”

“想不到你还记得我的号码。”柳生说。

“我留着你的名片。”

柳生在电话里传来的惊讶反应，让夏默觉得，他大概是为数不多的会保留房产经纪人名片的人，大多数客户会把他们辛苦印制的卡片随手扔进垃圾桶。

“找我有什么事吗？”

“我还是得麻烦你来我这里一趟，出现了跟上次一样的问题。”夏默说。

“不可能吧，”柳生显然不相信，“又漏水了？”

“除非我的房间里还有什么其他的问题。”

柳生尴尬地笑了笑。

“我上次修得很好了，”柳生在笑声中依然没有消除自己的不解，“怎么可能……”

“总之，我现在正在外面避雨。”

柳生沉默了一会儿。

“我是不是不应该打扰你，”夏默说，“忘记了你也很忙。”

“没关系的，”柳生仿佛下定决心似的说，“你等我，我现在就过去。”

还是上次的工具，夏默已经为柳生准备好了，一个尖头锤和一个铝合金制的三角梯。他在滴答声中等待着柳生的到来，时间一分一秒走过，终于响起了敲门声。

柳生一如既往地穿着那身得体的西装，带着一个背包，尽管他们已经很久没有见过面，但是一切都和刚刚认识的时候一样。

“怎么回事？”柳生在进门以后，依然放不下心中的疑虑。直到夏默带着他走进浴室，看见头顶裸露的水管缝隙间不停掉落的水珠，他才真正相信夏默在电话里说的事情。

“好消息是，”夏默说，“我一直没有把那个坑洞补上，这样就不用再拆一次了。”

“真是太好的消息了。”柳生说。

柳生脱掉西装，在客厅平整地挂好，接着回到浴室里开始架设三角梯，戴上手套和浴帽。夏默象征性地问了一个问题，“需要我帮忙吗？”

“不用，你在外面等我就行。”

夏默知道这个答案，他的这个问题就像“你醒了”和“你也在这儿”一样，是一个没有意义的问题。

夏默回到客厅，听着浴室里传来的修理声，他现在没有任何事情可以做。

过了不知多久，可能很长也可能很短，夏默在等待中失去了对时间的判断，他看到柳生从浴室里出来了，已经换好了另一件干净的白衬衫。

客厅的旧电视打开着，这台电视的寿命超过了夏默的预期，它像一个挣扎在病床上，却怎样都不肯离世的老人一样，安全地度过了一天又一天，所有人都觉得是最后一天的日子。

夏默平时不会打开这台电视，所以他直到此刻才发现，曾经像蝗虫般密集的除烟喷雾的广告如今已经彻底从屏幕里销声匿迹了，取而代之的是另一些同样无聊的广告。这些广告很像夏默经历过的案子，只有表面的不同，内里却渗透着相似的目的。

“我今天没有买咖啡，”夏默说，“因为上次的咖啡你没有喝，而那是这附近唯一能买到的咖啡了。”

“没关系，”柳生说，“我也该回去了。”

“不过我上次见到一个咖啡机蛮不错的，”夏默说，“在一家律师事务所里，我还用它煮了一杯蓝山咖啡。我不是懂咖啡的人，但也能品尝出来，那比楼下的速溶咖啡好喝很多。”

“当然了。”柳生说着，无奈地停下了正走向门口的脚步。

“还有那个你送我演出门票的酒吧，”夏默继续闲聊起来，“我后来又去了几次，每次都喝醉。”

“那个地方比较适合你，我真的不习惯。”

“你最近怎么样？”夏默都没有想到自己会关心一个人的近况。

“没什么变化，”柳生说，“也就是平时带客户看看房。”

夏默点了点头，“很辛苦啊。”

“夏默，”柳生说，“没什么事我就先回去了。”

“对了，你见过我这把吉他吗？”夏默仿佛没听见柳生的说话，拿起放在角落里的电吉他，“可惜我没带音箱，要不然可以给你弹首曲子，不过我的技术很差。”

柳生沉默了。

夏默看着柳生，就像看见自己，他也是一个不喜欢言语寒暄的人，一个随时以沉默应对谈话的人。原来别人跟我在一起的时候，就是现在这种感觉啊，夏默在心里想，这种感觉还真的不错。

就在夏默去思考新的聊天话题的时候——他承认自己真的不擅长做这件事。他忽然看到柳生的眼睛从他的身上移向了旁边老旧的电视机，夏默顺着他的目光转过头，电视里是一张熟悉的面孔。

“各位观众，”电视里的沈凝拿着一个硕大的带着台标的麦克风说，“我身后就是本市一家叫作枪与玫瑰的摇滚酒吧，根据我们刚刚收到的消息，警方在这里抓获了一名男子，该男子极有可能是近期连环杀人案的嫌疑人。”

5

史强的脸出现在电视上。

夏默无法隔着屏幕读到史强内心的感受，站在他身边的柳生看起来也是如此。史强的目光坚毅，表情严肃。夏默还记得第一次在电视上看到史强接受采访的时候，他与现在截然不同。那时候的史强面对镜头，因为紧张表现得极不自然，同时又带着一些掩饰不了的窃喜。

现在这些东西全部都从史强的脸上消失了。

“能透露一些当时的情况吗？”沈凝问史强，“你是怎么抓到嫌疑人的？”

“我只能告诉你，”史强说，“嫌疑人不是我一个人抓住的，这需要很多刑警，和帮助刑警的人共同完成。”

隔着不清晰的电视屏幕，夏默与史强互相对视，史强的眼神看着他，像是在对他表示感谢。

如同夏默现在做的一样。

现在摄影机正对着何诗宜。夏默特别注意了一下，何诗宜看起来似乎惊魂未定。夏默能够想象到，在那个黑暗的空间里，在史强带着配枪出现之前，没有人可以保证她的安全，包括夏默自己。而她依然义无反顾去做了。

最后出现的人，是今天这则新闻的主角，这个人在几天前还和夏默聊过摇滚吉他手的话题。

电视机里的姜一晨，身上失去了站在舞台上的时候那种绚烂的光芒。此时他双目低垂，刘海杂乱地贴在额头，上身的衣服被拉扯得很乱，双手背在身后，两只手腕上，带着反射阳光的银色手铐。

“据现场警方透露，”电视里报道的记者说，“嫌疑人名叫姜一晨，是摇滚乐队绝缘体的主唱。案发时乐队正在我身后的酒吧演出，而短暂离开演出舞台的姜一晨，在准备作案时，被埋伏在现场的刑警当场抓捕。”

“你看，在我这里总能遇到惊喜。”夏默的语气里带着不易察觉的喜悦。

柳生继续看着电视。

“上次你来的时候，我们也是看到关于警察的报道，好像也是这个记者。”夏默接着说。

“可能吧。”柳生心不在焉地回答。

“根据我们目前掌握的资料，”电视里的沈凝接着说，“姜一晨是本市近期几起重大谋杀案的嫌疑人，此次被现场抓捕的案件，也不排除为连环杀人案的延续，现在姜一晨将被带回千山市刑侦支队进行审讯，关于案件的进展，请您继续关注我们的后续报道。”

“他们抓到他了，”夏默说，“那个连环杀人案的凶手。”

“这里是本台记者沈凝，为您带来的独家报道。”

夏默注意到，沈凝特地将语气的重音，放在了自己的名字与“独家报道”四个字上。

他履行了自己的承诺。

6

电视画面已经切换到其他的节目上，夏默按动生硬的即将失灵的按键，将声音调低，房间里重归安静。尽管如此，柳生的视线依然停留在电视前。

“这个人……”柳生说，“就是凶手？”

夏默点了点头。

“你应该对他还有印象，”夏默说，“我们一起去看的那场演出，就是他的乐队。”

“怎么会……”柳生说，“怎么会是他？”

“你有兴趣听一听我是怎么找到他的吗？”

“你？”

“没错，我。”

十几分钟之前，柳生还表现出着急离开的样子，但是在夏默说了这句话以后，他的身体语言告诉夏默，他很想知道这一切是如何发生的。

“随便坐吧。”夏默说。

他们环顾四周，又彼此尴尬地对视了一眼。夏默再一次意识到这里真不是个招待客人的好地方，他住进来这么久，除了浴室的浴缸和头顶的坑洞之外，所有的一切依然保持原样。夏默看了看，将自己的旅行箱推到柳生旁边。

柳生笑了笑，坐在旅行箱上，这个旅行箱足够坚固，完全能够承载柳生的重量。

“从哪儿开始说起呢？”夏默思索着，“这个连环杀人案，前前后后经历的事情太多了，到今天回头看，如果我可以重新选择，我不知道自己还会不会想要卷入这些事情里。”

柳生沉默地看着他，等待他说下去。

“我曾一度感到无力。”夏默说，他语气里的喜悦消失了，“这是我以前办案时从没出现过的感觉，失去了闻着血腥味去寻找源头的兴奋，取而代之的是一次次打开错误的门，掉下悬崖的无力。”

“第一次无力感的出现，是因为我不懂卑微的力量。”夏默一边回忆一边说，“那时候他们在现场抓到了一个仓库管理员，这件事本身并没有错，但是当我看见那个男人的时候，我就确定他不是凶手，并且告诉了抓捕他的警察。我以为这个插曲就此结束了，一个与本案无关的人，稍微打断了我们一下，再被扔回到茫茫人海里，变回一滴水，从此消失。”

“我以为就这么简单，所以当我自作聪明地戳穿那个男人心里所有龌龊肮脏的幻想后，你猜怎么着？”

柳生等待着。

“他宁愿让自己被当作一个杀人犯，也不想接受真正的自己。”夏默说。

“难以置信。”

“有时候真实的自我就是那么可怕。”夏默说，“远超死亡。”

“后来呢？”

“后来是真正的凶手将他解救了出来。”夏默继续说，“第二起谋杀案在他被关押的时候发生了，我们重新开始调查。表面上因为我的判断是正确的，看起来我赢了其他的警察，然而在这时，我的第二次无力感出现了。”

“这一次我感到无力的原因，来自我的傲慢。”夏默说，“我把对第一件案子的推理，顺理成章、毫不怀疑地套用在第二起案件上，也因此找到了许多惊人的巧合，这也让我继续对自己的判断深信不疑，一意孤行地走向凶手早就设定好的结果。于是我们开始去寻找一个可怜的人，一个早就死亡的人。”

“后来你们找到那个人了吗？”

“找到了，”夏默说，“我必须要感谢凶手对我的宽容，我想我一定给他添了不少麻烦，让他不得不大费周章地为我录下一段监控视频，提醒我该去的方向。那也是我第三次感到无力，我意识到自己正在被控制着，我是一个连着线的木偶，是按照剧本表演的演员，是凶手计划的一部分。”

“作为一个笨拙的配角，我最后在那个工厂车间里找到了我要找的人，当然，他已经死了很久。”夏默回想着发现蔡星河尸体时的画面，“至此，凶手的全部计划已经完成了，而我们除了三具尸体和无尽的困惑之外，一无所获。”

“但你还是没有放弃。”

“我当然不能放弃”，夏默说，“虽然我是整个调查小组里唯一有权利退出的人，也从来不是一个对自己有太高要求的人，但是这样灰头土脸地结束？至少还没到那个时候。我决定走向所有故事的源头，去寻找那两个吊死的女人真正的联系。也就从那个时候开始，我越来越强烈地感觉到，自己正在从现实世界走向了一个倒影，走入了一面镜子。尸体的陈列方式、死亡原因、受害者彼此的关系与身份背景，都让我觉得自己好像并不是在调查眼前的案件，而是掉进了时间的漩涡中，去面对一个过了二十几年的幽灵。”

“那个幽灵，”夏默说，“一直和我住在这间房子里。”

“你是说……”坐在旅行箱上的柳生回过头，看着他刚刚清理完的浴室，“曾经死在这座房子里的人？”

夏默点点头。

“他们帮你破了这个案子？”

“当然不是，”夏默说，“我猜幽灵也像我和你一样不太喜欢说话，所以只告诉了我案情的原貌，却对凶手的身份缄口不言。”

“那你是怎么找到凶手的？”

“我忘记了两条重要的线索。”

6

“第一条线索，”夏默说，“香水，香奈儿5号香水。”

“这瓶香水的第一次出现，是在发现第二个受害人周晚晴的现场，也就是她刚刚装修好的房子里。这瓶香水摆放在一堆廉价的护肤品中，显得尤为突兀。不过从严格意义上来讲，这并不是香奈儿5号的第一次出场，在那之前，这个味道就曾留在了那位女刑警的记忆中。”

“女刑警？”

“没错，刚才你在电视上已经看到她了。”

“不过在当时，我们的这位单纯的女刑警并没有回想起遇到这个香水味的具体时间，当然这不是她的错，因为她当时喝了酒。我之所以能够推断出来，是因为她曾跟我说，每一次闻到这个香水味的时候，我都在场。而我们同时在场，却只有她一个人闻到香水味的机会只有一次，那就是在我第一次喝醉时，她独自去往洗手间的过程。只不过这些事，我都是后来才知道的。”

“那在此之前呢？”

“在此之前，这款香奈儿5号的香水味串成了一条线，这条线的起始点，就是我刚刚给你讲的，受害人的家里。这条线的第二个路径点，在一个我曾在她的家里短暂借宿过一晚的女人身上。这个女人有两个身份，其一是那支乐队的经纪人，其二，是那支乐队主唱的暗恋者。”

“暗恋？”柳生露出笑容，“这还真不像是你能说出的话。”

夏默点点头表示赞同，“我必须承认，我是一个不懂感情的人。”他说，“我曾因为对女人的错误理解，让案子走进了一条无尽的错误之路，所以在那以后我一直在提醒自己，去理解女人内心真正的渴望，后来我发现，这份渴望其实非常简单。”

柳生等着他说下去。

“我第一次见到那个女经纪人的时候，那个女人的身上飘来香奈儿5号的味道，这个味道就像是案发现场的血腥味一样吸引着我的注意。我看到她那天的状态，知道她正在为某个人伤心。我把话题落在她身上的香水味上，她的反应告诉我，她不仅不喜欢自己身上的香水味，甚至还在痛恨这个味道，这时候对我来说最大的困难出现了，我必须去思考一个我能力之外的问题，就是女人的感情。一个女人会在什么情况下，既痛恨又主动地将一款香水穿在身上呢？”

“你是说，因为那个让她伤心的人？”

“在这方面你比我更有天赋，”夏默说，“就像有的人，会吃掉爱人亲手做的难以下咽的食物一样，她因为另一个人，让自己的身上留下香奈儿5号的味道。接下来的问题是，那个人是谁，她又为什么会觉得那个人喜欢香奈儿5号？”

“找到那个人是谁并不困难，”夏默接着说，“电视台的沈凝——一个在了解女人的方面远超我的人，很确定地告诉了我答案。特别是在沈凝戏耍了女经纪人喜欢的男人之后，在接下来的日子里，每天接到女经纪人的狂轰滥炸，她就更加确定这份感情的存在。然而即使没有沈凝，我对女人拙劣的分析，也能找到那个让她又爱又恨的人，因为我最后一次见到她，她就和那个男人在一起。我十分确定她是被那个男人邀请而来，因为那个男人真正的目的就是见我，所以他必须通过一个认识我的人，顺理成章地坐在我的旁边。”

夏默回想着最后一次和崔研一与姜一晨见面时的画面，以及画面中崔研一无法掩饰的开心笑容。

“所以，香水的下一个路径点，就到了那个男人身上。”

“没错，”夏默说，“那个被人深爱着的男人，也就是刚刚在电视里被抓走的乐队主唱。让我们回想之前的问题，为什么女经纪人会既痛恨又要使用香奈儿5号？因为她觉得那个男人喜欢这个味道，可这是香奈儿5号，又怎么会和男人扯上关系？因为她在那个男人身上闻到这个香水味的时候，不由自主地认定，她喜欢的人已经属于了别人，属于了一个她不知道身份的但使用着香奈儿5号香水的女人，所以她一边痛恨，一边使用，一边排斥，一边模仿。”

“可怜的爱情。”柳生说。

“但是她不知道的是，她所嫉妒的女人根本就不存在，或者说，曾经存在过，但已经消失了。”

柳生点了点头，“那个受害人。”

“也就是我们那位单纯的女刑警，在我第一次喝醉的时候，去洗手间过程中碰到的女人。她当晚就和我们一起出现在枪与玫瑰酒吧，那也是她正在走向死亡的开始。”

夏默第一次说这么多话，他觉得喉咙有点干，想要喝点水。尽管他知道后面还有很多话没说，可随即又想到餐桌上没洗的杯子，便放弃了这个想法。

现在他还想抽支烟，也许是因为大脑中分泌的多巴胺让他感到兴奋，并随之唤醒了对他来说陌生的烟瘾。不过当夏默意识到柳生还在这个屋子里，就放弃了让他吸入二手烟的决定。

“你说有两条线索，”柳生说，“第二条呢？”

“刚才说的香水，指向的是第二名受害人，而另一条线索则是和第一个受害人有关，那就是酒。”

“酒？”

“她是个勇敢的女人，”夏默说，“她有很多生存下去的手段，其中之一就是偷盗洋酒。那个被她当作工具使用的、倒霉的仓库管理员，不仅因此丢掉了仓库的钥匙，还丢掉了里面的苏格兰威士忌。这些被换掉的威士忌一定会去往一个地方，被一些人喝掉。后来我发现，一直喝掉它们的其中一个人，就是我自己。”

“为什么？”

“从刑警的职位上离开以后，我的第二个职业，就是个酒鬼。酒鬼有酒鬼的尊严，但是我自从来到这里以后，就丧失了这份尊严，因为我只需要一杯掺了杏仁香甜酒的苏格兰威士忌，就会醉得不省人事，需要有人把我送回家——或者送去别人家。我会在昏睡中度过漫长的夜晚，这不是我以往的经验，却让我忽略了自己的变化。直到我喝掉最后一杯之前，我才意识到，灌醉我的不是苏格兰威士忌，更不是杏仁香甜酒，而是调制这杯‘教父’的第三种成分——水合氯醛。”

“那是——”

“一种极易溶于酒精的药物，少量并不致死，但足以赠送你一夜安眠。它让我失去意识——很多次。我们在两名女性受害者的胃里，都检测出酒精与水合氯醛的成分，也就是说，她们在生命的最后阶段，经历了与我相同的事情，只是她们没有我那么好运，因为我不是凶手的目标，我只是一个主动去喝下那杯酒的上门客户。”

“再一次，”柳生说，“这条线索再一次发生在枪与玫瑰酒吧里。”

“没错。”

“但是酒吧里那么多人，酒保不是比那个主唱更有可能去作案的人吗？”

“但是我们抓到了他呀，”夏默说，“当我们的女刑警正在成为下一个被害人的时候，我们阻止并抓到了正在作案的人，不是酒保，不是酒客，不是任何人，就是那个乐队主唱。”

“你们怎么知道他会作案？”

“很简单，”夏默说，“这起未遂的谋杀案，是我亲手布置的。”

7

柳生瞪大了双眼，等待着夏默说下去。夏默感到自己的烟瘾越来越重了，这让他必须节省时间。

“你是说……”柳生充满疑虑地确认着，“你亲手布置的？”

“是的。”

“我不明白。”

“首先，我在想，在我与凶手的对峙中，我一直落于下风，这到底是什么造成的？”夏默抬头思索着，“后来我知道，是因为凶手利用了我的偏执和盲目的自信，是因为凶手给了我错误的线索。那么，我找回游戏主动权的唯一方法就是采取相同的方式，变成凶手镜子里的人，和他一模一样。”

“我留给凶手错误的信息，”夏默接着说，“这个信息是，他杀错了人，他的任务还没有完成。凶手的目标，是同一个男人的两个私生女。而我要让凶手知道的是，其中一个还活着，只不过另一个无辜的女人做了替死鬼。我选择了一个在条件上看起来天衣无缝的人，此时我们单纯的女刑警再次出场了。她是一个孤儿，并且和第一名受害者在同一个孤儿院里生活过，这是再完美不过的身份，凶手轻易就相信了我那个弄错身份的谎言。所以他只能再次开始工作，并且要越快越好，因为他知道这次不再像以前那么容易，我们已经掌握了太多的信息，这足以让我们有所防备。”

“你是怎么做的？”

“我们在留下了那个谎言以后，下一步就是要和凶手见面了。”夏默说，“前面的两条线索已经告诉我们，惊喜就在枪与玫瑰酒吧里，所以我们去那里等待，我们知道下一个见面的人就是凶手，果然没有多久，他就出现在我身边。当时的我和我们的女刑警有一个承诺，就是会有一次单独的约会，我们特地在凶手面前把这件事说出来，然后把代替我赴约的机会留给凶手。那天我故意喝醉——这简直再容易不过了，并故意将自己的手机留在酒吧里，这给了凶手绝佳的条件，他可以用这部手机，以我的名义通过短信与女刑警沟通，打造一个通向死亡的约会。”

“但是他不知道的是，”夏默说，“我们的人一直在死亡的边缘等待着。”

“原来你的手机是故意丢的。”

“没错，否则我为什么会记得你的号码，那是我在丢掉手机之前，特意记下的。”

“我记得你刚刚不是这么说的，”柳生表示质疑，“你说你保留了我的名片。”

“我的确保留了你的名片，但我没有再拿出来。”

“你为什么要记我的号码？”柳生问，“你的手机完全可以拿回来啊。”

“如果我不记得，我怎么能找到你来帮我修理浴室呢？”

“可你又不会提前知道浴室会漏水。”

“都到了这个时候了，你一定要这么问吗？”

柳生知道结束了，一切都结束了。

“我不该这么问，”柳生说，“这样显得我很蠢。”

“但并不影响你一直以来的优异表现。”夏默说。

柳生尴尬地笑了笑，像是在表达歉意。

“第一次浴室漏水，是你在楼上的房子里弄的吧？”

柳生点了点头，“其实很容易，楼上的水管和你的一样老旧，几下就会让你的浴室变成瀑布。”

“当时还真的很像瀑布啊，”夏默说，“我应该早点告诉你，我讨厌下雨的声音。”

“我不知道这个。”柳生依然面带歉意，“否则我会选择别的方式。”

“窃听器也是在你修理浴室的时候安装的吧。”

“没错，你真的该注意一下自己说梦话的习惯了。”

“难为你一直在听，”夏默说，“我的梦话一定很无聊。”

“所以你在编造那个女刑警身世的谎言时，才会特地在浴室里说，就是为了给我听？”

“当然，”夏默说，“我和姜一晨没有任何交集，他不可能知道我在浴室里说过什么，这一切还需要你来转达。”

“看来我没有辜负你。”

“你做得很好，”夏默说，“作为一个每时每刻都在我身边飘荡的幽灵来说。”

“你连这些都已经知道了？”

“我的房间里有一些你碰过的东西，”夏默说，“你修过的水管、你拿在手里的杯子，还有我们刚刚聊过的——你的名片，我后来用荧光指纹粉在这些东西上分别做了检测，你猜我检测到了什么？”

柳生当然知道夏默检测到了什么。

“我检测到了——”夏默说，“虚无。”

柳生笑了笑。

“除了我自己的指纹以外，什么都没有，”夏默说，“甚至在你给我你的名片的时候，所有的故事都还没有开始，你也不可能知道我会参与到案子的调查中。这只能说明一件事，你是一个绝对不会留下任何痕迹的人，就像我们在案发现场看到的一样。凶手的痕迹，并不是作案以后就能轻易清除的，我的经验告诉我，凶手越刻意地清理，留下的线索就越多。而你不一样，你已经在多年的人生中，熟练地具备了清除自己痕迹的能力。”

“你是个幽灵，”夏默看着柳生说，“这让我想起来我们第一次见面时，你曾经跟我说过的话。”

“我死去的哥哥。”柳生说。

“那个人就是你，”夏默说，“一个把自己看作已经死去的人，一个把自己的人生、希望全都交给弟弟的人。”

柳生沉默了下来。

“你写的那些歌很好听，”夏默说，“你第一次带我去听的时候我就很喜欢了，你很有天赋。虽然你的弟弟不及你，不过他也算很好地扮演了你的角色。但是我在和他的聊天中，我知道他并不是真的了解摇滚乐，和摇滚吉他手。”

“这不是他的错，”柳生说，“他不喜欢，但是却为了我变成现在的自己。在我知道你们讨论过摇滚吉他手的话题以后，我就已经有了不好的预感。”

“我的确在谈话中说了一个错误的人名，枪花乐队的Slash是一个从来没用过那把吉他的人，而这支乐队与枪与玫瑰酒吧重名，无论如何他都不该听错，除非他真的不知道。”

“你很喜欢在这些事情上设置陷阱。”

“毕竟对手是你，”夏默说，“越多的陷阱，就是越多的尊重。”

“谢谢你尽了全力。”

夏默对柳生点了点头。

“所以，你现在要逮捕我了吗？”

“我不是很急，”夏默说，“在那之前，我们先出去走走吧。”

二十三年前。

男人知道自己即将出局了。

像是被罚出场的球员，像是落榜的考生，像是被取消投标资格的企业家那样——出局了。

像是一条狗。

对，一条狗。男人觉得自己找到了合适的比喻。他知道无论自己在外人面前是多么风光的一个人，关上家门，他永远都是那条狗。甚至不是什么名贵品种，而是一条普通的家犬，唯一的优点就是听话。他的任务是看门护院，任人玩弄，以及在必要的时候被一脚踢出门。

现在就是必要的时候。

男人曾试图用疯狂的工作状态麻痹自己，他的努力也曾一度得到了回报。他成功地推出了名为“The Clash”的旅行箱品牌，这个品牌的市场地位就像是它的中文名“碰撞”一样，如猛兽一样打乱、击溃、蚕食着竞争对手所拥有的一切。

他成功的关键，是将这个土生土长的品牌，打造得如同来自欧洲的奢侈品。代言人是金发碧眼身材高挑的外国模特，箱身通体看不到一点中文。他在拉杆上选择了普通旅行箱尽量避免的高密度合金，放弃了旅行箱更应该考虑的轻便需求，使其更沉重也更有质感。

他感谢购买这款旅行箱的人，感谢他们那么容易被欺骗。

然而事实上，这款旅行箱除了少量是在东南亚的工厂生产之外，绝大多数都来自另一座正在发展的城市——千山。他的公司在千山有一片自己的厂区，那个厂区在距离市中心很远的远郊，他曾去过几次。

他很喜欢千山，不止一次地想要去那里定居。但他也很清楚，只要身在这个家庭，他就永远没有选择的权利。连一张地毯的花色，一只杯子的款式都不能选择。

他想要去千山还有一个最重要的理由——或者，两个？他希望他还能相信自己是一个正派的人。可是一个正派的人，为什么还会在有妻儿的情况下，在另外一个城市拥有两个情人呢？他给自己找来的理由全都站不住脚，因为寂寞也好，因为痛苦也好，因为生理需求，因为可笑的爱情……

没有，没有任何理由。

事实就是，他在第一次去千山查看厂区的时候，就上了一个女人的床。他喜欢那种缠绵的感觉，远离他的妻子和妻子身后庞大的家族，在一个陌生的城市与一个陌生的女人缠绵的感觉。

不久以后，他再次来到千山，却找不到那个女人了。他托人打听，知道那个女人已经结了婚，离开了千山。他知道这是那个女人的选择，这个选择告诉他，一切都结束了。

因为寂寞也好，因为痛苦也好，或者是因为他妈的爱情也好，他很快在千山拥有了第二个情人。她是一个有夫之妇，他不介意，心安理得地重复着以前做过的一切，直到自己再次视察工厂的期限已到，他这条狗被一声口哨就招了回去。

他知道了，原来是因为仇恨。

这个仇恨翻译过来就是：作为一条狗，他实在太想变成人了。

他知道如果没有妻子和她背后的家族，他今天依然是一个在办公室里领固定薪水，站在高档餐厅外忍受服务员白眼的废物。现在他有了一切，财富事业和家庭，唯一失去的一点微不足道的东西，就是尊严。

用尊严换取财富，怎么看都是个不错的交易，他毫无顾忌地选择了。只是后来漫长的生活告诉他，这一切没有看起来那么美好。冷嘲热讽、低声下气，日复一日地在他的生命里生根发芽，长成仇恨之树。

现在，这棵树开花了。

因为妻子家族的命令，他被迫利用自己的公司参与境外的洗钱案。但是几天前公司法务部的负责人——那个美国归来的、名叫陈万里的高才生告诉他，事情藏不住了，警察很快就会来找他。

坐在家里压抑的客厅沙发上——这里没有一件陈设是根据他的意愿选择的。他的妻子、他的岳父和岳父的律师，用轻柔却不容置疑的口吻向他传递了一个信息——去坐牢吧，把所有的罪责都背下来。

他出局了。

是啊，在人和狗之间做选择，还需要考虑吗？

但是他们忘了，狗是会咬人的。

当时饲养他的主人们除了选择了他，还选择了另外一个可怜的人，那个放弃了知名律师事务所的工作，来到他的公司的陈万里。一个公司的CEO，一个法务部负责人，完美的顶罪组合。

他把这个消息告诉陈万里，并为陈万里提供了另一个解决方案：自己背上全部罪责，洗掉陈万里的犯罪痕迹。他的交换条件是，陈万里要利用自己的专业能力为他转移两笔资产，并在他死后将这两笔钱分别交给两个女人。

这成了他们两个男人的承诺，男人当时并不知道，这个承诺很快就到了要兑现的时刻。

没错，狗是会咬人的——哪怕是一只家犬。

第十章

1

柳生听到夏默的要求以后愣了一下，但随即展开笑容，他同意了夏默的提议，看着夏默穿上那件厚重的外套，与他一起离开这间房子。

对于夏默来说，没有人是比柳生更合适的导游了。房产经纪人是最熟悉一座城市的人，不仅熟悉它光鲜的外表，还熟悉它混乱的街区、迷醉的人群和疑惑的表情。

夏默来到千山这么久，还从来没有好好地看看这座城市。他一直都被牵引着从一个目的地去往另一个目的地，没有选择的权利。可是当他们真正自由地走出房间，走上街道，炽烈的阳光和拥挤的人潮却让夏默再次迷失了方向。

柳生看着夏默迷茫的表情，露出感同身受的目光，他对夏默说："我第一次从这个房子里出来的时候跟你一样，也不知道自己该去哪儿。"

"那是什么时候？"夏默问这句话的同时，心里已经做出了猜测。

"你知道的，"柳生说，"在我们的母亲和那个被称作父亲的男人死去的时候，我和弟弟在深夜里一起离开了那间房子。”

“给我讲讲。”

他们沿着树下的阴影向前行走，道路前方是一个垃圾回收站。

“那年我只有十二岁，弟弟十一岁。”柳生说，“我们还不能理解所谓‘破产’或者‘逃犯’这样的概念，我们唯一能够感觉到的就是，我们坐了好久好久的硬座火车，旅途似乎比我们前面十几年的生命还要长。下车以后就来到了这座陌生的城市。这里的气温更低，当然也许只是因为夜晚的缘故。火车站外聚集着没有牌照的出租车和二十元就能住一晚的黑旅馆，现在这些人早就被清除掉了，当年给我留下的印象很深。我父亲在走出车站的时候从口袋里掏出一张纸，那上面写着一个地址，是他公司里的一个员工迟迟不肯回去住的房子，因为那个员工的父母总是以此要挟他回老家结婚生子。这个员工曾在一次休息抽烟的时候无意中透出了这些话，我的父亲从旁边路过，那个员工只顾着跟所有人一起对他低头行礼，却永远都不知道我父亲当时的计划。”

“你父亲之所以能从密集的员工闲聊中捕捉到这个话题，是因为那座城市的名字刺中了他的神经。”

“千山，”柳生认同地说，“虽然他创立的旅行箱品牌，有一部分的确是生产自东南亚，但大多数还是在千山远郊的工厂里完成的，你已经去过那个地方了。”

夏默点点头，想起如同装置图腾一样被摆放在那里的蔡星河。

“那时候你父亲已经在被调查了吧。”

“确切地说，”柳生说，“是濒临死亡。他的事业和婚姻，都在濒临死亡。我的父亲当时对我母亲说，他想最后看看自己的事业，然后就可以内心平静地‘进去’。希望我母亲带着我们陪同，我母亲很不情愿，但这毕竟是父亲最后的愿望了，她同意了。她并不知道，父亲带我们来这里，其实是为了两件事。”

“哪两件事？”

“第一，和他生命中的另外两个女人告别。”柳生停下脚步看着夏默说，“第二，杀了我们。”

夏默没有说话，他们此时已经能够看到道路另一边的枪与玫瑰酒吧，酒吧的大门紧闭着，一些被电视新闻吸引来的路人站在门口，举起相机对着酒吧拍照。

夏默故意不让自己的视线停留在酒吧门前太久。

“我父亲恨我的母亲，我不知道这种恨是从何产生的。也许因为小孩子的敏锐，我很早就感受到了弥漫在家里的仇恨，但我的母亲似乎不以为意，她甚至有些享受父亲无法发泄仇恨的痛苦。我父亲的人生是一块碎裂的拼图，这个拼图在他两次来千山视察工厂——我是说，真正视察工厂的时候得到了黏合，那就是另外两个女人。我相信他是很想念这两个女人的，但我永远都不知道这是否真的因为爱情。我父亲一生没有在我母亲面前做过任何自主的决定，我母亲唯一顺从他的一次，就是一同来千山的计划。”

枪与玫瑰酒吧已经被他们远远地抛在了身后，他们走上一座石桥，桥下是没有波澜的花河。夏默知道这条河的上游就是著名的左岸别墅区，那里住着千山最有权势的一群人，和最卑微的一群人。

“杀死我母亲是很容易的，”柳生接着边走边说，“所以我父亲撬动门锁，进入这座阴暗冰冷的房子，并勒令我和弟弟在卧室不要出来，我在更晚一些的时候听到了声音。当时我的弟弟还在身旁熟睡，而我也只是以为是外面的风声吹动窗格。后来我就听到了脚步声，闭着的双眼还是能感受到卧室门被打开后涌入的光线，我开始装睡，这是我从小就会的伎俩。我感到一双大手在接触我的皮肤，接着我呼吸困难，我终于感到了危险，睁开眼睛看到父亲在阴影中狰狞的表情，我的双腿胡乱踢踹，喉咙里发出微弱的喊声，我意识到自己快死了，开始想念我的玩具和冰淇淋，我的头脑中出现幻觉，眼前闪过霓虹灯一样的绚烂光彩，身体感到放松，等待一切的结果。”

离开花河上飘过的清冽的阵风，他们来到更为繁华的商业步行街。人群忽然变得密集起来，穿梭于电子转动门与透明电梯里，从一家品牌店出来，再进入另一家品牌店。这里的人看起来显然更时尚一些，在天气没有全然入夏的时刻，已经早早换上了清凉的衣物，与夏默就像两个季节的人。

“你最后并没有等来预想中的结果。”夏默说。

“是的，”柳生说，“当我醒来的时候，看到的是另一张脸，这张脸上不再是狰狞，而是恐惧。我的弟弟手里拿着黑色的橡胶绳，坐在地上面色苍白地看着我，而几分钟前还想置我于死地的父亲，现在已经平静地躺在旁边。”

商业步行街的中心愈发的喧嚣，这让柳生不得不有意提高音量。

“我的弟弟带我去看母亲的尸体，她躺在殷红的血泊中，看起来像是睡着了。她的头发披着，双手握成最后挣扎定格的形状，我在那一刻没有感到痛苦，也没有感到害怕，我只是感到……”柳生想了想，“感到麻烦。”

“我们的计划天衣无缝，”柳生笑着说，“对于两个十一二岁的孩子来说，那是我们能想到的极限了。我们将橡胶绳缠在父亲的脖子上，另一头绕过浴室上方裸露的水管，合力将他的尸体吊起来，接着在尸体的下面踢倒一个椅子，擦拭所有我们碰过的地方，我以为这样就可以了，现在想想，这是个一眼就能被看穿的伪造现场。”

“不过你现在已经不会再犯那些低级的错误了。”夏默说。

“那座无人前往的空房子给我们带来了好运，尸体把所有的痕迹都腐烂掉了。我们当晚就离开了房子，却不知道该去哪儿，于是漫无目的地行走。我们走过枪与玫瑰酒吧——那时候那里还是一家普通的餐馆，走过花河上的石桥，走过并没有建成的商业步行街，走进大路旁的小巷，站在了刑侦支队的门口。”

“你们打算自首？”

“我们有两个选择，自首或是逃跑。”柳生说，“但我意识到这些的时候，我忽然觉得我们是最幸运的人，因为那个试图杀死我们的父亲，他没有任何选择，他既没能杀了我们，也没能与另外两个女人告别。他到死都是个失败者，而我们不是，我们将命运赢回了自己的手上，我们没有任何理由再把它交还出去。所以我们决定逃跑，从此销声匿迹，在外人面前变成两个永远没有交集的陌生人。我开始学会伪造证件，变换身份，下意识地消除在任何物体上留下的指纹和其他痕迹。我已经死了，死在了那个晚上，而我的弟弟将代替我活下去。我把我的人生交给他，那是他应得的。他将拥有本该属于我的一切，过本该属于我的生活，就像他这些年一直在做的一样。”

“听起来不错，”夏默说，“如果你们没有再次制造命案的话，一切也许就真的像你预期的一样，成为永远的秘密了。”

“我并不想那么做，”柳生说，“我也曾犹豫过，当我代理了那个新楼盘，并把它卖掉的过程中，我看到了一个熟悉的身影。我记得那个人，他是个律师，曾在我父亲的公司里，他们有不错的私交，也经常出现在我家。他看起来苍老了许多，变得肥胖和落魄，他和那个买房子的女人一同出现和离开，他早已认不出我就是那个曾被他摸过头的小男孩。我知道他出现在这里不是一件正常的事，于是开始偷偷调查，我隐匿自己踪迹的能力得到了完美的实践，他从没有发现过我。后来我才知道，我的父亲留下了两笔钱，虽然没人能证明我的父亲已经死了，但是那个肥胖的律师还是根据约定将这两笔钱交给了她们，而她们每个人，又都为我的父亲生下了一个女儿。这让我意识到，我的父亲直到死了这么多年，依然在折磨着我，他把一切——从我母亲那里偷来的一切留给他在外面的私生女，而我和我的弟弟，同样是他亲生的儿子，则是他曾经想要泯灭的生命。那一刻我知道我的使命还没有完成，一个声音在召唤着我。我们并没有真正杀死他，他的幽灵还在身边萦绕。”

他们已经离开步行街主路，穿过幽暗的小巷，在另一条更安静的马路边上停下来，身后是刑侦支队威严的大门。

“看来我只能送你到这儿了。”夏默说。

“谢谢你听我啰唆了一路。”柳生伸出手。

夏默握了握他的手，仿佛他们第一次见面一样，平静、友好。

“应该是我谢谢你。”夏默说。

“为什么？”

“从我开始调查的时候，我就判断对方是一个优雅、体面、让人感到舒服的人。”夏默说，“他应该像个艺术家一样，也应该有一些与我相似的地方和兴趣。但是我不得不说，因为整个过程中我犯下了太多的错误，这让我很多次怀疑自己的判断，我怕对方并不是我想的那样。现在我放心了。”夏默停顿了一下，认真地看着柳生，“对方是你，我很感激。”

他们放开了彼此的手。

尾声

何诗宜的车速在持续加快。她的大脑正在飞速地运转着，既要判断眼前的路况，寻找最佳的路线。又在回想那段，如今想起来仍觉得不可思议的时刻。

那是不久前发生在夏默浴室里的时刻。

当时的夏默，脱掉了身上的衣服，何诗宜记得当时自己心里的紧张和羞怯。夏默露出古铜色的肌肉和满身伤疤，何诗宜不知道自己要面对什么，也不敢承认自己对一切都有所期待。

然而夏默接下来说的事，却让她从一个不算是天堂的地方，坠落进真正的地狱。夏默告诉她一个惊天的秘密：她的真实身份。

她是江雪，或者说，是名叫江雪的女人冒充了她的身份，偷走了她的人生。她在孤儿院里丢失的项链是被江雪偷走了，成为江雪进入她的家庭的通行证。江雪的偷盗带来的恶果就是，她替何诗宜领取了死亡的通知单。她不知道自己是否应该为此感到震惊，大脑一片空白。这时候的夏默从衣服里拿出一张，他从陈万里的律师事务所得到的证据。

那是她的档案。

何诗宜打开夏默给她的那张纸，打开的瞬间，头脑中再次感受到强烈的冲击。

她问夏默："这是……我？"

她并不是在自言自语，而是真的在提出质疑。因为那张纸上的女人，只是看起来有点像她。

那是一副肖像画。

何诗宜脑中闪过夏默对她说的话——如果我需要你去面对危险，我会给你画一幅画。

她抬头看着夏默，夏默做出不要说话的手势，接着示意何诗宜将画翻转。何诗宜照做，看到纸张的背面写着几个字：我们被窃听了，配合我。以及一个简笔画的笑脸。

她松了一口气，忍住没有笑出声来。

接下来发生的事，就是她要面对的危险，但何诗宜并不在乎，她相信夏默不会让她真的出事。

她给夏默打电话，佯装喝醉，她知道夏默会在浴室的窃听器下，明确地说出见面的地点。在枪与玫瑰酒吧里，她们等到了不请自来的人，何诗宜在他们聊天的时候，反复强调着夏默欠她的约会，直到确认对方已经完全记住了这个信息。

接着，夏默如计划中一样灌醉自己，把手机留下来。何诗宜要做的，就是等着这部手机发来的，属于她的死亡约会。

我做到了，何诗宜心想。

何诗宜内心的喜悦并没有保持多久，因为她已经看到了千山市火车站高耸的候车大厅。高大的夏默在人群中一眼就能认出来，一手提着吉他，一手拖着旅行箱。

何诗宜现在对这款旅行箱的感情更深了，因为那天她在枪与玫瑰后台的房间里，于黑暗中胡乱寻找支撑的时候，抓到的也是同样的一款旅行箱。旅行箱的滚轮带着她一起滑倒。史强阻止了姜一晨将喝下酒精与水合氯醛的她塞进旅行箱中，让她避免了去复制另外两个女孩的悲惨结局。

她们就是在这样坚固的旅行箱中，在如长夜般无尽的黑暗中，离开了后台房间的侧门，像个货物一样被转手到另外一个人的手上，带回自己居住的地方，被绑住双手，被悬挂，被放置，被唤醒，被欣赏。

欣赏她们的挣扎，欣赏她们的窒息而亡。

夏默正在看着她。

何诗宜小跑过来，对着夏默的胸口狠狠地捶了一拳。

“这就是你跟人告别的方式吗？”夏默问。

何诗宜说：“我打你是因为，你画的我一点都不像。”

“的确，”夏默承认，“比真正的你更有女人味一点。”

他的胸口又遭到一记锤击。

“一定要走吗？”何诗宜闪过眼神，看着远方。

夏默没有说话。

何诗宜已经知道了答案。

“很抱歉我骗了你，”夏默说，“编造了你的身世。”

何诗宜摇了摇头，“这样更好，我不想知道自己的身世，永远都不想知道。”

“我支持你的选择。”

何诗宜笑了起来，“我们难得有一次达成共识。”

候车大厅的广播里，正在通知夏默的那趟列车已经进站。

“那么，我走了，”夏默说，“谢谢你来送我。”

“一路平安。”

“你也是，开车小心。”

两个人站在原地，谁也没有主动离开。

“有时候，即使是我这样的人，也会在分别的时候拥抱，但是现在——”夏默的眼神扫过他拿着旅行箱和吉他的两只手，“恐怕没有那么方便。”

夏默感到身体一阵冲击，立足未稳，他迅速保持住平衡，此时的何诗宜已经整个人贴在他的身上，双手环过他结实的腰背，头靠在他的胸口，她在暗暗用力，仿佛抱住的是一个即将被风吹走的过往。夏默感受到她的孤独，长夜将至般的孤独，犹如一百万支针刺穿他的皮肤。

广播再次催促，列车就要开走了。

“你能最后答应我一件事吗？”何诗宜犹豫着说。

“什么事？”

“我从没有见过你笑，”何诗宜说，“我想看看那是什么样子。”

“我笑起来很丑，你会嘲笑我的。”

“反正你也要走了，就算我嘲笑你，你也不会知道。”

夏默笑了，在何诗宜抱着他，抬头看着他的脸的那一刻。

当何诗宜察觉到自己的双臂之间已经空空如也时，她才真正确认夏默已经离开了千山，离开了他们奋力侦破的连环谋杀案，离开了她。

她从上衣的口袋里拿出自己的肖像画，画面上的女人正在看着她，何诗宜看着这幅画笑出来。

水滴落在画面上女人的脸上，变成了画面里的一滴泪，何诗宜不知道这滴水是从自己身体里流出，还是像夏默的浴室里一样，从天而降。

火车早已远离千山。眼前都是陌生的身影，来到千山的人，和即将离开千山的人。每个人都带着自己的故事。

只是属于她的故事，已经结束了。

随着铁轨有节奏的声音传来，夏默看着窗外飞速后退的景色，才意识到自己永远都只能是个过客。

就像所有的过客一样，他会留下一些事，比如他侦破的案子。

就像所有的过客一样，他会带走一些事，比如手里的这张纸。

就在那个晚上，他偷偷返回了律师事务所，在陈万里上锁的抽屉里找到了这张纸。这是何诗宜的档案，这张档案为他的猜测盖棺定论，何诗宜才是凶手真正寻找的人。

他理解了那天，陈万里为什么要在遗产的处理上，征求何诗宜的意见。

他也理解了自己离开律师事务所时，在门口听到的，陈万里对何诗宜说的那声保重。

他从抽屉里带走了何诗宜的档案，在回去的路上痛苦万分。这一切的真相是不是对她来说太残酷了？夏默一次次问自己这个问题，但却找不到能够回答这个问题的人。

直到他拿起画笔。

带走这个秘密，让它随火车一同飞驰而去。夏默不知道自己做的是不是正确的决定，但他知道自己每一次做出认为正确的决定后，总会受到时间与现实的惨痛教训。

于是他没有再犹豫，在黑暗中画起了脑海里何诗宜的容貌。

那张脸在他的脑海中渐渐清晰了起来。

列车进入一条长长的隧道，窗外的一切陷入黑暗。夏默看着车窗上自己的倒影，如同进入了又一个漫长的夜晚。

图书在版编目（CIP）数据

长夜将至 / 夏阳著. —天津：百花文艺出版社，2019.1

ISBN 978-7-5306-7640-0

Ⅰ. ①长… Ⅱ. ①夏… Ⅲ. ①长篇小说—中国—当代 Ⅳ. ①I247.5

中国版本图书馆CIP数据核字（2018）第275375号

长夜将至

CHANGYE JIANGZHI

夏 阳著

责任编辑：刘佩莲 **特约编辑：**郭 洁

装帧设计：商块三

出版发行：百花文艺出版社

地址：天津市和平区西康路35号 **邮编：**300051

电话传真：+86-22-23332651（发行部）

+86-22-23332656（总编室）

+86-22-23332478（邮购部）

主页：http://www.baihuawenyi.com

印刷：三河市中晟雅豪印务有限公司

开本：870毫米×1280毫米/32开

字数：200千

印张：9.25

版次：2019年1月第1版

印次：2019年1月第1次印刷

定价：39.80元